八咫烏系列 卷六

弥栄の烏

彌榮之烏

Chisato Abe
阿部智里

目次

用語解說 4
登場人物 6
山內中央圖 8
第一章 開門 13
第二章 斷罪 60
第三章 治癒 131
第四章 困境 183
第五章 完成 252
終　章 掉落的種子 321

・用語解說・

山內 山神開闢的世界。掌管山內的族長一家稱為〈宗家〉，宗家之長為〈金烏〉。由東、西、南、北深具實力的四家貴族，分別治理東領、西領、南領和北領。

八咫烏 生活在山內的住民。卵生，可變身成鳥形，平時以人形生活。〈宮烏〉指貴族階級，尤其是住在中央的貴族；相對於居住於街上從事商業活動的居民，稱為〈里烏〉；在地方從事農業的庶民，稱為〈山烏〉。

禁門 通往山神所居住之「神域」的巨大石門，歷代金烏的棺木，皆置於〈禁門〉前的大廳內。

招陽宮 宗家皇太子、下一代金烏的居所，也是治理政治之地，與朝廷中心的〈紫宸殿〉相連。

櫻花宮 日嗣之子后妃之居所，相當於後宮的宮殿。硬實力貴族的女兒搬入櫻花宮成為候選皇后，稱作〈登殿〉。日嗣之子在此一見傾心的女子，將成為皇太子妃，稱為〈櫻君〉，未來掌管櫻花宮。

凌雲宮 寺社林立的寧靜地區，原為出家宮烏居住之處。自從食人猿兩度現身後，便將朝廷搬遷至此，眾多八咫烏也從中央山遷移到此地。

谷間 允許妓院和賭場存在的地下社會，是擁有與一般社會不同的獨特規定之自治組織，而掌管該區住民的幹部住處，則稱為〈地下街〉，很少允許外人進入。

山內眾 宗家的近衛隊，在名為〈勁草院〉的培訓機構，接受成為高階武官的嚴格訓練，只有成績優秀者才有資格成為宗家貼身護衛。

勁草院 培育山內眾的學校。十五至十七歲之男子皆可〈入峰〉，並按照〈荳兒〉、〈草牙〉與〈貞木〉等晉級。

羽林天軍 由北家家主擔任大將軍，為保衛中央所成立的軍隊，也稱為〈羽之林〉。

・登場人物・

奈月彥　皇太子，即是日嗣之子，出生於宗家之金烏，統率八咫烏一族。

雪　哉　北家家主、羽林天軍大將軍玄哉之孫，曾任皇太子近侍，以第一名成績畢業於勁草院畢業，成為山內眾，也是全軍參謀。

濱木綿　南家公主，皇太子的正室，掌管櫻花宮的〈櫻君〉。身材高䠷，女中豪傑，年幼時曾一度以〈山烏〉身分生活於寺院中。

真赭薄　西家公主，是個艷冠群芳的絕色佳人。原本渴望成為皇太子正室，最後主動出家，成為濱木綿手下之首席女官。

長　束　皇太子之同父異母兄長，明鏡院院主，並將日嗣之子的地位讓給真正的金烏。而私心想使之復位的母后與臣子，曾試圖暗殺真金烏。

路近 長束之護衛，也是明鏡院所屬的神官。

澄尾 負責皇太子護衛工作之首席山內眾，雖是山烏出身，卻是文武雙全的奇才。

茂丸 山內眾。在勁草院時期，為雪哉的好友，身材高大，個性溫和，深得眾人喜愛。

明留 皇太子之近侍，真赭薄的胞弟。從勁草院退學之前，與雪哉、茂丸、千早等人為同期院生。

千早 山內眾。為人沉默寡言，冷漠孤傲，武藝高強。勁草院時期，明留等人曾協助其胞妹脫離困境。

市柳 山內眾。勁草院時期，為雪哉的學長，也是雪哉、茂丸和千早的室友。

治眞 山內眾。勁草院時期，為雪哉的學弟，曾被猿猴擄走，最後順利獲救。

山內
中央圖
桜花宮
招陽宮
中央山
山の手
港町
東

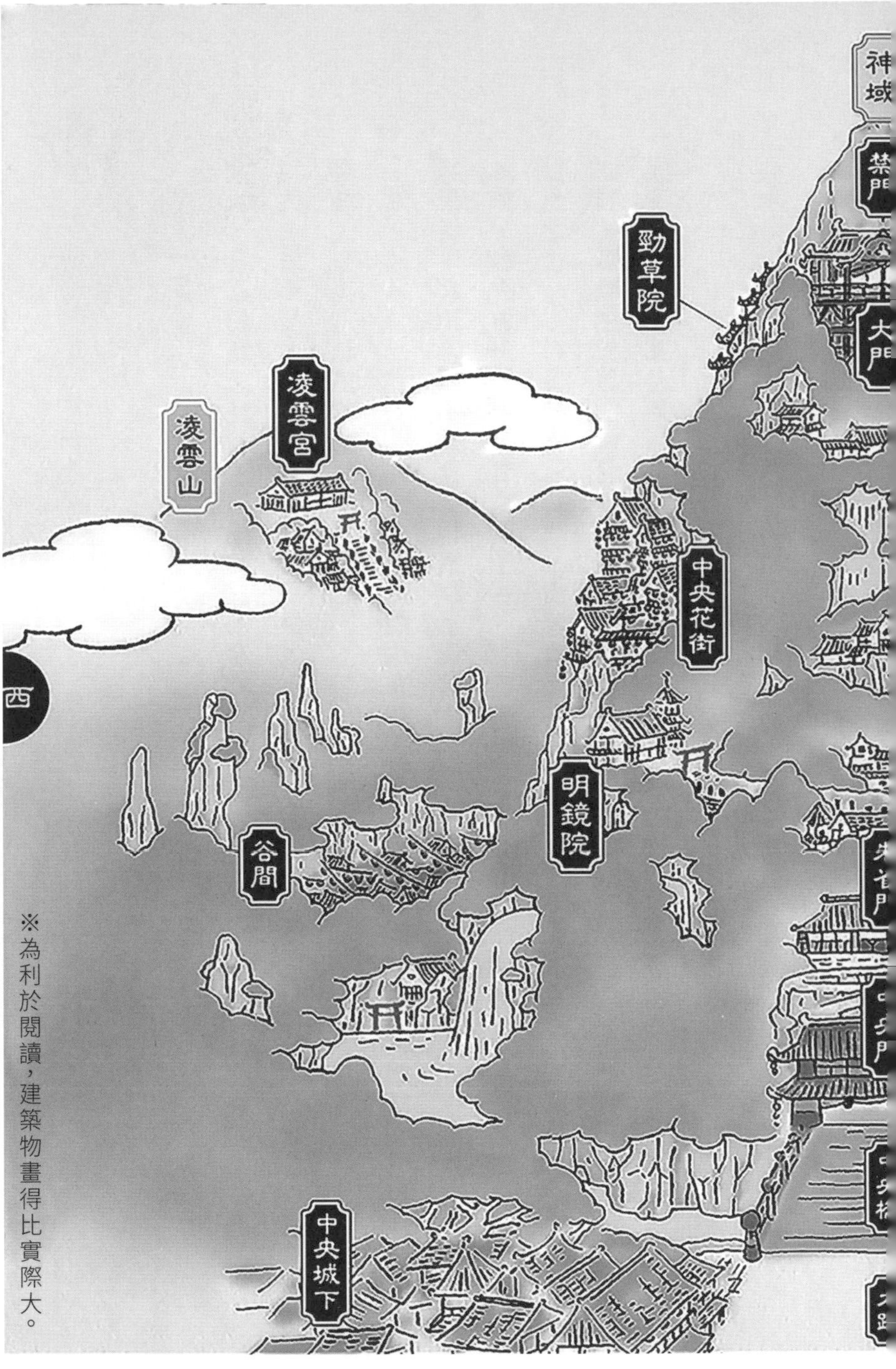

※為利於閱讀，建築物畫得比實際大。

某次，落雨紛紛未見歇，稻田和農田全毀。
村民一籌莫展，討論著是否有法子讓太陽趕快露臉。
驀然，有隻烏鴉主動對村民開了口。
「呱！汝等似乎遇到困難，若願意提供食物，咱可去請求山神，讓天放晴。」
村民慌不擇路，飢不擇食，相繼獻上糧食。
終於，烏雲消失了，天氣晴朗了。
從此之後，當村民希望天晴時，便會請託山神的烏鴉使者。
未料，烏鴉由於暴食體胖，不慎掉入龍沼。
猴子見狀，放聲大笑。

「欸，汝等勿再獻糧於烏鴉。食物給咱吧！咱來去請求山神，讓天放晴。」

村民將食物轉獻予猴子之後，天空果然出現了陽光。

於是，村民轉而請託山神的猴子使者。

未料，猴子也因不知節制而過胖，從樹上摔落下來。

烏鴉見狀，撫掌大笑。

烏鴉和猴子羞愧反省，皆是貪心誤事，約定各自承擔一半使命。

從此之後，村民想要請求山神時，便給予烏鴉和猴子各一半之供品。

摘自《鄉土傳說見聞錄》「山神之使者 烏鴉與猴子的故事」

彌榮　迎接繁榮之意，祈禱繁榮之詞。

摘自《大辭林》（三省堂出版社）

第一章　開門

早春的柔和陽光灑落在書案攤開的課本上，留下了白色的影子。

雪雉抬頭，伸了一個懶腰，發出「嗯」的聲音。由於一直盯著書本上的小字，眼睛都快看花了。突然，他心血來潮伸手推開紙窗，習習涼風立刻拂面而來。

後院的櫻花樹滿開，在陽光下閃著耀眼光芒，後方則是一片寂靜的淡紅色陰影。

相較於故鄉的山櫻，樹枝恣意伸展綻放，這裡的櫻花樹則是被園丁修剪得纖長而細膩，彷彿連飄落的花瓣都經過計算。

涼爽的風中，帶著令人聯想到中央那些身分高貴女人身上的香粉氣味，雖然美麗動人、人見人愛，卻也顯得高傲冷漠，令人難以靠近。

雪雉再過不久就要入峰勁草院了。

勁草院，是宗家近衛隊的培訓機構，雪雉的叔父與兄長都以優異的成績從勁草院畢業。

雪雉自從通過勁草院的入學考試後，就暫住在中央的北家朝宅。平時與武人一起習武，沒有人陪他練武時，就借用兄長還是院生時的課本預習。

兄長使用三年的課本，完全沒有翻閱的痕跡，簡直就像是全新的。**只要看過一次，大致上都記住了。**驀然，他想起兄長將課本交給他時所說的話，不由得歎了口氣。

這時，雪雉發現遠處有人。

「雪雉，你過來一下。」邀請雪雉住在朝宅的北家喜榮，高聲叫喊著。

雪雉急忙走了過去，發現大門前好不熱鬧，定睛一看，站在那裡的喜榮正在和自己前一刻想到的人說話。

「雪哉哥！」

「雉弟，入峰的準備還順利嗎？」年長雪雉五歲的雪哉，笑問道。

以前總覺得雪哉哥很沉穩，自從他長高抽長不少之後，完全變成一位清新爽朗的年輕人。一頭濃密的黑髮束了起來，漆黑的羽衣外，佩戴著有紅色佩繩和金色裝飾的漂亮大刀。以前在故鄉垂冰鄉時個子還很矮小，如今氣宇軒昂，簡直判若兩人。

「嗨！」兄長的好友茂丸站在雪哉身後，親切地向雪雉打招呼。

茂丸原本就高壯魁梧，幾年前，與雪哉站在一起時，兩人簡直就像是父子；當雪哉抽高之後，兩人才終於看起來有朋友的樣子。

茂丸可愛的蒜頭鼻和一雙圓滾滾的大眼顯得親切，雪雉初次見到他時，就萌生好感。

「笙澪會的推薦通過了，雪哉正式成為勁草院的戰術指導教官。」茂丸與有榮焉地說。

「真的嗎？」

山內的軍師，除了山內眾所屬的作戰參謀，以及護衛中央的羽林天軍所屬的參謀以外，還有不問身分與所屬，獲聘參加參謀會議的民間兵法家。按照慣例，由其中最擅長用兵之道者，進入勁草院擔任教授〈兵術〉的院士。一旦發生狀況，就會被任命為全軍參謀，統率山內眾和羽林天軍雙方的軍師，擔任總指揮官一職。

過去曾經發生過所屬不同的軍師之間意見對立，導致指揮體系混亂的情況。不過，目前率領羽林天軍的大將軍玄哉公為雪哉的外祖父，由雪哉擔任參謀有助於消除山內眾和羽林天軍之間的不和，對雙方都有利。

「再次恭喜你。」喜榮打從心底愉悅地向雪哉道賀。「近年都是一些身分不夠格的人擔任參謀，要向他們請示總是有些強人所難。由你擔任參謀，我們也感到無比驕傲。」

「不敢當。」雪哉對眉開眼笑的喜榮，雲淡風輕地笑道。

雪雉見狀，有一種難以言喻的心情。

雪哉和雪雉是同父異母的兄弟，北家公主在生下雪哉後就去世了，雪雉的母親原本是服侍北家公主，而喜榮和雪哉則是表兄弟。由於身世問題發生了一些糾葛，因此以前只要有人提到和北家之間的關係，兄長就會露出嫌惡的表情，如今似乎已經認定自己是北家的成員，不再感到排斥了。

「雪雉，以後你兄長會在勁草院教導你喔！」原本心不在焉的雪雉聽到茂丸這句話，不由得愣怔住，茂丸關心地問道：「自己的兄長是教官，會讓你感到不自在嗎？」

「不，我早就知道雪哉哥很優秀。」雪雉回過神毫不猶豫地說。

雪雉完全不排斥兄長是自己的老師，而且即使兄長不擔任教官，自己應該也會經常在勁草院見到他。

山內眾的值勤處，目前就設在勁草院內。先前查覺到八咫烏的天敵食人猿，有可能從中央山的深處闖入山內，因此朝廷搬遷到位在鄰山上的離宮〈凌雲宮〉。而勁草院與皇太子居住的宮殿〈招陽宮〉，目前則成為兵力據點。

真金烏，也是日嗣之子的皇太子奈月彥，統治〈凌雲宮〉。

統率居住在山內所有八咫烏的宗家後代，稱為金烏。尤其是每隔幾代才會誕生的真金烏，十分罕見且特別，天生具備了統治山內所需要的力量。真金烏缺席期間，則由代理金烏治理山內；目前的皇太子是真金烏，他的父皇是代理金烏。

當朝廷搬移至〈凌雲宮〉時，皇太子站在第一線指揮，混亂之中順勢拿下了朝廷的實權。如今，基於皇太子打開了禁門，以及當今的代理金烏已不再問政，神官紛紛表達「**同意皇太子正式即位**」的意見。

在此過程中，成為皇太子得力親信而嶄露頭角的不是別人，正是雪雉的兄長，雪哉。

「你們今日休沐吧？接下來有什麼打算？若無其他事，可進屋慢慢聊。」喜榮說道。

「真抱歉！」雪哉語帶歉意說明來意。「我們是來拿之前拜託朝宅張羅的物品。」

順著雪哉的視線望去，一名下女抱著一個大包裹站在那裡。

「之前請垂冰準備了藥酒，據說有助於增加體力。」

「是送給櫻君的？」喜榮露出恍然大悟的表情問道。

「是的，等一下要前去探視。」

皇太子的正室櫻君，從十天前開始臥床靜養。最初接獲這個消息時，朝廷上下興奮不已，都認為她懷了身孕，最後才知道似乎只是身體微恙。

隨著朝廷的遷移，由櫻君掌管的〈櫻花宮〉也搬至鄰山，據說目前住在比櫻花宮規模小很多的寺院內。

喜榮若有所思地望著雪哉。

「高貴的公主住在山寺中，必有諸多辛苦。如有我們可以效勞之處，請儘管吩咐。」

「櫻君一定甚感欣慰，那我們先告辭了。」雪哉頷頭嚴肅地說完，鞠躬道別。

「代我向皇太子問候，改天再為你慶祝。請好好加油！」

「好的，雪雉，那就改天見。」

「好好讀書喔！」

兄長與輕鬆地向雪雉揮手的茂丸一起走出了大門。

雪哉以前最討厭和身分地位高貴的人打交道，如今似乎已習以為常。回想起以前在故鄉時，雪哉曾經是眾人眼中的廢物，現下想來，簡直令人難以置信。

雪雉為兄長的實力終於得到認可覺得自豪的同時，也感到一絲寂寞。

茂丸望著雪雉站在大門目送他們離開的身影。

「不愧是兄弟，你們真的很相像。」茂丸深有感慨地說道。

雪哉聽到好友這句話，猛然轉頭看向他。

「少騙了！茂哥，只有你這麼說。」

三兄弟中，只有自己長得明顯和其他兩人不一樣，因為他們是同父異母的兄弟，這也理所當然的事。只不過曾經有不少人會說他們不像，卻從來沒有人說他們長得像。

茂丸見雪哉極力否認，露出訝異的表情。

「之前見到雪雉時還沒有這種感覺，但現在的他，和我初次見到你時一模一樣。」

「有嗎？」

茂丸不太理解雪哉為何會那麼在意，還是試著說出看法。

「像是聲音，還有整個人的感覺，都十分相像，我猜未來也會越來越像。」

雪哉一時之間不知道該說什麼，茂丸說這番話並無他意，所以雪哉也拿他沒輒。

「……我們差不多該出發了。」

雪哉說完，輕咳一下掩飾內心的困惑，然後解開佩繩，把大刀和懸帶重新掛在脖子上，原地旋轉變成了鳥形，用中間的第三隻腳拿著包裹，其他兩腳蹬地後，縱身飛向天空。他與同樣變成鳥形的茂丸，沿著建造了許多懸空式建築的斷崖，一路向西飛行。

不知山頂附近是否正在下雪，風十分冷冽，天空中飄著零星的雪花。巡邏兵與他們擦身而過，當瞧見雪哉的大刀和懸帶時，騎在馬上的烏鴉行禮後便直接離去。除此以外，不見其他人影。

不久前，這裡還有許多衣著華麗的居民和上門推銷做生意的商人，如今完全變了樣。

經過貴族的宅院和中央花街後，下方是一片未經整理的山林。飛過這片綠林，便可看到面對中央山聳立的山峰上有無數寺院，那裡就是〈凌雲宮〉。

自從得知食人猿從朝廷所在的中央山山頂附近，也就是稱之為「神域」的地方出現後，朝廷便搬遷到這座建在中央山西北方山峰的離宮。

這座山是〈凌雲院〉所在之處，原本是為代理金烏讓位後居住而建，旁邊是安置出家女官的宮殿。以〈凌雲院〉為中心，有許多寺院和神社。中央山上有許多貴族的宅院，是出家的貴族所住的地方，久而久之，〈凌雲院〉和其周圍一帶被統稱為〈凌雲宮〉。

一年前，這裡還很幽靜，如今在整齊的參道兩側，出現了許多攤位和帳篷。

許多貴族一開始得知中央山有食人猿時，便開始試圖離開中央，逃往外地。然而，當宮烏之首的代理金烏與大紫皇后也移居至離宮之後，幾乎所有的宮烏都加以仿傚，透過各種關係移居至凌雲山的寺院和神社。在凌雲山找到新商機的商人也都紛紛聚集，簡直就像是把中央城下都搬來此地。

當初討論朝廷遷移一事時，雪哉和其他皇太子陣營的人都齊聲反對搬來〈凌雲宮〉。因為這裡離猿猴闖入的途徑太近，若真心想避開猿猴的危害，放棄中央，避難至其他地方是最理想的。皇太子等人都如此主張，宮烏們卻對此興趣缺缺。

山內的地方，是由初代金烏四個兒子的後代，也就是四家分別治理。東家治理東領，南家治理南領，西家治理西領，北家治理北領。

朝廷的官吏也幾乎都是四家的人，朝廷的不同部門都有各家掌握的派系。一旦遷至地方，就必須選擇四領之一，四家都堅持主張必須將朝廷遷移至自家的領地內。

造成這種情況的最大原因，就在於宮烏與皇太子陣營之間對危機的認知大相徑庭。

五年前，北領邊境遭到食人猿襲擊，因為是距離中央政府最遙遠的山邊，只有一部分武人聞到血腥味，看到無數屍骨和鹽漬的同胞而感到戰慄。一年前，勁草院的院生被猿猴擄走時，也僅有皇太子與數名護衛前往神域營救。

有強烈防衛意識的武人和皇太子陣營，都親身感受到猿猴的威脅；然則貴族對危及生命的凶險局勢缺乏切身體會，因此反應也極其遲鈍。

尤其是代理金烏正室的大紫皇后，對於逃往地方一事，更是面露難色。隨著皇太子陣營的勢力逐漸擴大，大紫皇后的反彈最為激烈，她無法忍受一切都要聽命於皇太子，於是積極拉攏反皇太子派系。她主張代理金烏不可以離開中央，甚至宣稱要和代理金烏一起留在中央，因為她擔心自己一旦離開，皇太子就會在朝廷為所欲為。

各方勢力多次角力之下，最後協調出雖不滿意，尚能接受的解決方案——先遷至鄰山的〈凌雲宮〉避難。

雪哉當時就以準參謀的身分，呼籲前往地方避難。雖然早就料到會有這樣的結果，在得知自己的努力全然白費時，還是感受到難以抹滅的失望。只不過既然已成定局，多說也無濟於事，只能在現有條件下，為萬一發生最糟糕的狀況做好充分準備。

軍事相關人員舉行秘密作戰會議後，公告要將凌雲山作為巨大的要塞。在〈凌雲宮〉內儲備大量武器和糧食，同時徵召人手，強化穩固周圍環境，還僱用因朝廷遷移而失去工作的人作為工人，同時動員羽林建造石壘。

經過一番努力，終於將凌雲山打造成目前的狀態。儘管必須等到大難臨頭時，才知道結果是凶是吉，雪哉還是發自內心的希望，永遠不會有知道結果的那一天。

他們飛到山頂附近，來到〈凌雲宮〉周圍的高大白牆，進入正門後，是一條筆直的大街。兩側都是規模比〈凌雲院〉還小的寺院，大街的盡頭正在建造防止猿猴闖入的屏障。相當於櫻花宮的〈紫苑寺〉，位在〈凌雲宮〉後側遠離整修完善大街的附近。

〈紫苑寺〉是數代前的內親王祈願山內醫藥發達所建的寺院，周圍並未築牆，卻被精心種植的藥草田包圍。寺院伽藍七堂*齊全，但與雕樑畫棟的〈凌雲院〉、〈紫雲院〉不同，外觀相當樸素。

護衛發現了他們，在護衛的引導下降落於中庭的同時，也恢復了人形。〈紫苑寺〉內的人恭敬地領著他們踏進室內，便看到兩張熟面孔。

「喔！你們來了。」

「有沒有拿到藥酒？」

皇太子最資深的護衛澄尾輕舉起手向他們打招呼，皇太子的近臣明留特地起身迎接。

澄尾皮膚黝黑，個子矮小，乍看之下，會以為是頑皮的少年，實際上是個內心穩重的年輕人。他雖然出身於平民，甚至被宮烏揶揄為山烏的階級，卻以第一名的成績從勁草院畢業，是文武雙全的奇才。

明留來自四大貴族的西家，而且是本家出身的純粹宮烏。大眼小嘴，還有一頭罕見的偏紅頭髮，外形宛如靈動的少女。他曾經入峰勁草院，立志成為山內眾，中途退學後，便成為皇太子的近臣。他並沒有因為澄尾是山烏而輕視對方，在成為皇太子的近臣之後，兩人更建立了良好的互動關係。

雪哉原本打算比他們更早抵達，沒想到反而晚到了。

「藥酒在這裡。」雪哉舉起手中包裹。

「你們已經去探視過了嗎？我原本也想見櫻君一面。」茂丸感到遺憾，抓著頭說：「即使隔著簾子，也希望能夠對她說：『請保重鳳體！』」

皇太子的妻子對於身分低下者非常體貼親切，難以想像她是深閨的公主。

澄尾和明留互看了一眼。

「不，姊姊不讓我們見……」

「為何？櫻君的身體狀況這麼差嗎？」雪哉不禁低聲問道。

明留還來不及回答，門口出現一道人影。

「無需擔心。」

明留的姊姊，也是櫻君的首席女官真赭薄站在那裡。每次看到她一頭美麗波浪紅髮下的驚人美貌，都忍不住發出感歎。也許是顧及自己身為女官的身分，如今她的衣裝一改往日的豔麗，轉為清麗脫俗的打扮。不過，仔細打量後會發現，她身上的小袿是在淡紅色中交錯白色斜紋織的高級品。

「櫻君只是稍微有些疲累而已，我們認為不妨趁此機會好好休養。」

＊注：伽藍七堂，又名七堂伽藍，是唐宋佛教寺院的規範建築，隨宗派不同有所相異，分別為山門、佛殿、法堂、方丈、齋房、浴室、東司（廁所）。到明清時期演變為山門、天王殿、大雄寶殿、後殿、法堂、羅漢堂、觀音殿七堂。

她邁開俐落的步伐走進前廳，原本輕鬆盤坐的幾個男人慌忙坐直了身體。

「既然這樣，那為何……」

「為何？」真赭薄斜睨著一臉茫然想發問的茂丸，聲音冷硬地質問道：「你該不會因為櫻君平時態度和藹可親就誤會了什麼吧？竟然以為可以輕易踏進妙齡婦人，而且還是主公夫人的寢室！真搞不懂你們這些人到底在想什麼？」

真赭薄說才剛落，便露出輕蔑的眼神瞪視著澄尾。

澄尾在她銳利眼神的注視下，想要辯解又顯得氣虛。

「我剛才已為此道了歉，櫻君向來對我們說，不必在意身分的差異……」

「這和身分無關，而是男女之間禮儀的問題！」

澄尾面對咄咄逼人的真赭薄，只好選擇將話吞回去。

「對不起、對不起！」茂丸嚇得不停地道歉。

明留似乎也挨過罵，露出一副好似嘴裡含了一大塊鹽巴的表情。

雪哉看到其他人不知所措，內心裡直歎氣，他若無其事地走到真赭薄面前。

「真赭薄女史所言甚是，恕我們失禮。不過，我們真的很擔憂櫻君的狀況，希望妳不要誤解我們的這份心意。」雪哉坦然地表示歉意，接著打開手上的包裹，將瓶裝酒和紅色紙包遞到真赭薄面前，燦然笑道：「這是要給櫻君的垂冰豐滋酒，還有這個……」

紙包內是雪哉日前購入的一口大小糖果，櫻花形狀的糖果旁還有精巧的小顆金平糖。

「這是？」

「這是要給各位女官的。我們這些男人很多事搞不清楚狀況，剛才也不慎惹怒了妳，讓各位費心了，真是抱歉！」雪哉面帶微笑地補充道：「感謝妳一直以來的照顧，這裡的生活很辛苦，若有什麼需要效力之處，請隨時吩咐。」

真赭薄看著口若懸河的雪哉，又瞧了糖果一眼，似乎不知該如何反應。

「……不敢當。」真赭薄難掩困惑，卻也不置可否地鞠躬回應。

「酒瓶很沉，我幫忙拿去膳房吧！」雪哉若無其事地建議道。

「那就拜託了。」真赭薄點了點頭，接著將視線移向澄尾，冷淡地說：「在皇太子殿下出來之前，你們就在這裡等著吧！」

她一說完，轉身帶著雪哉離開。

兩人的腳步聲漸漸遠去後，澄尾才發出疲憊的歎息聲。

澄尾和雪哉緊張的態度，也讓明留嚇得不敢呼吸，茂丸呆愣地坐在一旁

「澄尾兄，你到底對真赭薄女史做了什麼？」一臉茫然的茂丸看著澄尾問道。

「呃……」澄尾一時之間說不出話來。

「笨蛋！」明留低罵了一聲，拍了拍茂丸的肩膀說：「你跟我來一下。」

明留扯著茂丸的手臂來到迴廊上，確認已超出澄尾聽力的範圍後，他才長吁了口氣。

「拜託你別再追問這件事，我在一旁聽了心跳都快停止。」

「抱歉！看來其中有什麼隱情？」

明留瞥了一眼澄尾所在的前廳。

「千萬別說出去啊！不瞞你說，我曾一度想撮合家姊與雪哉……」明留低聲咕噥道。

「什麼？我從來沒聽過！真有此事？」茂丸驚訝得瞠大雙眼。

「雖然聽起來像是惡夢，卻是千真萬確的事。」

真赭薄的年紀比雪哉稍長，兩人相差的歲數並不至於令人在意，北家家主的嫡孫和西家

公主也算是門當戶對。

「由於很快就破局，因此鮮少人知曉這件事。」

「那是何時的事？」

「很久之前，那時我還在勁草院。」

「我完全不知情啊！」茂丸歪著頭嘀咕著。

「只是已破局的事，你胞姊為何會對澄尾兄發脾氣呢？」

「因為一開始就是澄尾推薦雪哉的。」

當時有許多人盼望被譽為山內最美公主的真赭薄能還俗，而皇太子和櫻君也希望真赭薄可以得到幸福，於是認為這是一件美事。

然而，當探問真赭薄的意願時，「是誰想出這種餿主意？」她怒不可遏地斷然拒絕。最後，怒火中燒的真赭薄對澄尾產生了極度不信任，甚至也沒有詢問過雪哉的意願，這件事也就不了了之。

雖然皇太子夫婦對雪哉讚不絕口，但明留仍發自內心為那個冷血動物無緣成為自己的姊婿而鬆了一口氣，他深深覺得受到詛咒的親事，只會造成各方的不幸。

「我搞不懂女人的想法，你胞姊又為何那麼氣憤？」茂丸似乎難以理解。

明留聽到這番不以為意的反問，不禁皺起俊眉。

「因為他人無視家姊的意願，強迫她與雪哉共結連理，她當然會忿忿不平啊！」

「真赭薄女史不是喜歡雪哉嗎？」茂丸依舊歪著頭感到納悶。

「什麼？」

「有人想要促成自己能與喜歡的人在一起，通常不是會感到開心嗎？」

「什麼？」明留不由得提高聲調反問：「開什麼玩笑！你怎麼會有這種荒唐的想法？」

「澄尾兄不也是因為這個原因，才向女史推薦雪哉？難道我誤會了什麼嗎？」

明留聽了茂丸的問題，頓時啞然無言。

「真相究竟為何？」

聽到低沉的質問聲，真赭薄的心用力跳了一下，她詫異地看向身旁，只見雪哉面帶微笑、目光深沉，觀察著她的反應。

「『真相如何』是什麼意思？」

「櫻君是否並非只是身體微恙？」雪哉平靜的語氣中，帶著不容許敷衍的犀利。

明知道應該一笑置之，笑說沒這回事，真赭薄卻一時結巴了起來。

「這，這並非是我能置喙的事。」

「原來如此，我瞭解了。」雪哉沒有再追問下去，十分乾脆地結束這個話題。好半晌後，他再度開口的語氣中，已沒了前一刻的尖銳。「很抱歉，問了不該問的事，希望櫻君能夠盡快病癒。」

來到膳房，雪哉把酒瓶交給廚子後，立刻轉身打算回去找澄尾等人。

「請稍等一下，我也有事想請教。」真赭薄慌忙叫住他。

「喔？只要是我能回答的，必定知無不言。」

「你們為何聽任那個傳聞四處散播？」

「什麼傳聞？」雪哉微歪著頭反問。

「有人懷疑朝廷公佈猿猴從中央山闖入的消息是假的。」真赭薄暗自嚥下口水。

最近宮烏之間繪聲繪影地議論著，猿猴並非從中央闖入，而是從地方闖入山內。

先前食人猿是在山內的邊緣地區肆虐，再加上只有皇太子和他的幾名手下在禁門外遇到猿猴，因此有人懷疑其實食人猿是從地方闖入。朝廷擔心一旦公佈事實，地方的居民就會擁入中央，為了避免這種混亂，朝廷的一部分高官故意公佈虛假的消息。

「太荒謬了！」雪哉苦笑著反駁道：「妳應該很清楚這並非事實。」

「正因為我知道，更加無法理解你們為何任憑傳聞四處散播？」

由於不少宮烏信了這個傳聞，至今仍然固執地留在中央，不願搬遷。

真赭薄之前聽說要遷移到〈凌雲宮〉時，一度訝異為何遷移的地點距離中央這麼近。更甚者，最需要受到保護的代理金烏和皇后，竟然沒有逃往地方而是繼續留在中央，這個事實也為不負責任的傳聞增加了可信度。

「這謠言簡直就像在說，高官為了自己的利益而欺騙百姓。」

如果讓傳聞繼續訛傳，皇太子的風評也會一落千丈。真赭薄建議應該趕快澄清。

「言之有理，不愧是真赭薄女史，的確獨具慧眼。」雪哉語氣漠然，態度疏遠。「感謝妳的忠告。不過，官府公佈的消息並無虛言，請妳務必相信，並落實於行動。」

這樣的回答令真緒薄感到狐疑，正打算進一步細問……

「那我先告辭。」雪哉說完，便轉身離開。

「澄尾那傢伙又惹真緒薄生氣了嗎？我聽到她罵人的聲音了。」

躺在臥榻上的櫻君濱木綿說完，就一如往常地笑了起來。

由於濱木綿特地要求他來探視，原本已做好心理準備了，但看到她至少還能夠說笑，暗自鬆了一口氣。

濱木綿的寢室空空蕩蕩的，她的隨身物品本來就很少，現下更是簡單樸素得難以想像是日嗣之子正室的房間，室內僅放置一張鋪了被褥的臥榻，有一種不協調的感覺。

「她質問他們，難道想進來妳的寢室嗎？連同明留一起，臭罵了他們一頓。」

奈月彥語氣平靜地還原前廳所發生的事。

「真是太可憐了。」濱木綿笑著坐起身來。

奈月彥立刻伸手想要撐扶妻子，濱木綿抬起手淡淡拒絕道：「不用。」奈月彥便在褥子旁盤坐下來。

雖然濱木綿的身體狀況比他想像中好，但整個人輕瘦了不少，氣色也不佳。

濱木綿的五官標緻，個子與奈月彥不相上下，總是用男人口吻的說話，是一個很不像公主的公主。奈月彥平時總是受她鼓舞，看著她虛弱的模樣，內心慌亂不已。

「妳下床沒問題嗎？」

「沒事。真抱歉，還讓你特地來一趟。」

奈月彥最近朝廷公務繁忙，自從濱木綿搬來〈紫苑寺〉，幾乎沒什麼機會能來探望她，因此兩人很久沒有像這樣聊天了。

「妳不要太過勉強，若有什麼三長兩短，我會很傷腦筋。」

「真是太幸運了，能聽到你這句話。」濱木綿難得露出開心的笑容，接著她馬上收斂心神，嚴肅地凝視著奈月彥的俊眸問道：「朝廷最近如何？」

「一如往常。」

雖然一如往常有很多問題，暫時並沒有發生值得一提的事。

濱木綿聽了奈月彥這句話，隨即瞭解狀況，點了點頭。

「這樣啊！對了，若你打算迎娶側室，何時會比較適合？」

奈月彥愣怔了一會兒，黑眸微瞇，濱木綿的眼神沒有絲毫動搖。

「……或許在我即位之後吧！」

「等到猿猴一事完全解決嗎？那不知要等到何年何月。」

「參謀們似乎有盤算，時間若拖得太久，再另做打算。」

「既然這樣，就盡快考量這個問題，盡可能早一點讓我知曉最後的決定。」

奈月彥見她說話時格外用力，決定閉口不語。

之前他們曾經數次討論過側室的問題，濱木綿堅持奈月彥必須迎娶側室，奈月彥始終認為目前尚無必要。在這個話題上，兩個人的意見始終是平行線，但至今為止，濱木綿從來不曾如此嚴肅地提出這個問題。

奈月彥似乎猜到了其中的原委，幾乎無意識地握緊妻子的纖手。

「奈月彥，很抱歉，我無法……」濱木綿目光幽幽地苦笑道。

奈月彥聽出那嗓音下隱隱約約緊繃的苦楚，旋即意識到她身體不適的真正原因。

「……曾經懷胎嗎？」

「是的。」

諷刺的是，皇太子在妻子流產之後，才得知濱木綿曾經懷了孩子。

八咫烏在懷孕之後，會在體內漸漸形成殼，母體會很自然地變回鳥形，為產卵做準備，因此就會知道已經懷孕。據說，偶爾也會發生雖然出現了生命徵兆，母體卻無法產生出保護生命的殼。

「我原本十分納悶這次經血量特別多……豈料竟是無緣的孩子……」

濱木綿深深歎了一口氣，緩緩撫著自己的額頭。

「是因為從櫻花宮搬來此地，對身體造成負擔嗎？」奈月彥緊緊握住她另一隻手。

「不是，很遺憾，似乎是因為體質的關係。」

真赭薄比濱木綿更著急，除了請來醫官，還找來中央有名的產婆，但答案都一樣——無論藥物還是針灸，都無法治療。

他們異口同聲地說，與濱木綿有相同症狀的八咫烏，過去至今，從來不曾有人能夠生下健康的卵。這並非疾病，也非受傷，是濱木綿的身體天生不具備保護孩子的能力。

「我目前的身體除了氣血不足以外，其他都很健康，只是無法為你生育孩子，所以側室的迎娶是勢在必行。」

奈月彥凝視著妻子沒有自怨自歎，而是淡然地理性說明，他把原本想說的話嚥了回去。

「……我瞭解了。既然這樣，那我會認真思考這個問題。」

「你願意這麼做，真是太好了。」

由於必須當面告知這件事，才特地請你來此一趟。

「很高興睽違多日能再見到你。」濱木綿說完，發自內心地笑了起來。

在真赭薄前來告知時間已到之前，兩個人就像普通夫妻般地閒話家常。

正當奈月彥準備離開時，濱木綿語氣有些虛軟無力地叫住了他。

「奈月彥。」看著回過頭來的丈夫，濱木綿語氣平靜地說：「很抱歉。」

面對她再次表達的歉意，奈月彥用力搖了搖頭。

「妳完全不需道歉，在妳如此辛苦之際，我卻無法盡一份心力，才應該感到歉疚。現下請妳好好休養。」

濱木綿默默地輕點螓首，不再贅言。

千早雖然一臉嚴肅，內心卻怔怔地打量著眼前禁門。

千早從小就是遭到貴族蔑視的山烏，他對宮廷的華麗建築無動於衷，然則禁門前的空間，讓他隱約感覺到空氣中有某種令人肅然起敬的波動。

以前，禁門充滿了莊嚴的氣氛，歷代金烏的棺木皆豎立於此，石化的棺材中不斷湧出潺潺清水。此刻已築起粗糙的石壘，甚至搭了箭樓，一旦有猿猴入侵，就可以立刻從箭眼使用箭雨痛擊對方。

這個空間如今說靜謐有點太森嚴，說莊嚴又有些太雜亂。

真是人事全非。正當他在這麼想之際，瞧見熟面孔出現在大廳入口。

「山內眾市柳、神祇大副共兩人，前來交班！」男人大聲宣示後，走到千早面前。

「此處並無異常，也無特別需要交接的事項。」千早輕輕點頭回禮，報告道。

「亦同。」站在千早身旁的神祇官說完，便與神祇大副完成交班。

統率神祇官的白烏身體欠佳，暫由神祇大副代表所有神祇官，處理禁門相關問題。

神祇大副是四十出頭的乾瘦男人，整天愁容滿面。據說，他很年輕就成為神祇官，能幹優秀，深得白烏信賴。不過，千早對他的印象，只覺得他雖是百裡挑一的宮烏，卻不知挫折為何物，一旦發生緊急狀況會很不可靠。

一年前，得知禁門的另一側，有嗜吃八咫烏的猿猴，而金烏是所有八咫烏的族長，會繼承始祖傳承下來的記憶。然而，目前的金烏皇太子似乎無法順利繼承那些記憶，神祇官認為此事非同小可，反對皇太子即位。就在此時，發生了勁草院院生的綁架事件，皇太子隱約回想起一百年前的金烏那律彥犧牲了自己的生命，封印禁門的記憶。

據皇太子陳述，那律彥極度害怕禁門另一側，也就是神域內的某個對象。對照這番證詞與一年前在神域目擊的狀況，推測應該就是猿猴。千早當時也為了營救遭猿猴綁架的學弟，而進入了神域。

綁架學弟的猿猴，自稱為小猿，其目的是引誘皇太子解除禁門的封印。千早和其他人完全落入了圈套，雖然眾人死裡逃生回到了山內，卻也解除了連結山內和神域那道禁門的封印。自此之後，禁門隨時都有人站崗，同時也做好萬全準備，以防猿猴入侵時能迎頭痛擊。

禁門原本就屬於神祇官的管轄範圍，由神祇官派一名代表，同時分派皇太子信任的山內眾支援，常駐於此承擔防衛工作。於是，禁門便由山內眾和神祇官共同看守。

交班之後，就是值勤七天後的休沐，千早暗自鬆了一口氣。

當市柳與千早擦身而過時，市柳親暱地拍了拍他的肩膀。

「辛苦了。」

勁草院時期，市柳是比他年長一屆的學長，很懂得照顧人，實力也不容小覷。和他一起長大的雪哉雖然毒舌地形容他「長得像剛挖出來的芋頭」，但他也只是眼神凶了點，長相並沒有雪哉說得那麼差。只不過他很喜歡裝模作樣，衣服的品味卻令人不敢恭維。

此外，市柳時常在緊要關頭舉棋不定，漸漸成為學弟口中「無法真心尊敬的學長」。

千早不記得自己有將他尊為學長，只是從他始終表現出把千早當成學弟的態度看來，可見本人個性相當頑固。

「聽說雪哉他們打算去探視櫻君，你也要一起去嗎？」

「沒有。」

千早已和妹妹約好，要去西領探望她，但這無需向市柳說明。

千早態度冷漠地轉過身，正準備邁步離去時，驟然天搖地動，震耳欲聾的轟鳴響徹整個禁門空間。

奈月彥騎在稱為馬的大烏鴉上，發怔地眺望山內的風景。

他正在從〈紫苑寺〉返回〈招陽宮〉的途中，只不過他的心被遺留在與妻子交談的〈紫苑寺〉寢室內。**雪花飄舞**！他內心產生出奇妙的感受。

身為八咫烏族長，基於真金烏的本能，當必須守護的八咫烏失去生命時，便會陷入極度悲傷，對此他早已習以為常。然而，這次的對象卻是自己的親生孩子，還來不及為新生命感到喜悅，便已消逝。

失去親生孩子的痛苦，與面對其他八咫烏的死並無差別這件事，令他如同嚼蠟般地索然無味，他甚至無法判斷這件事究竟是令自己感到懊惱，還是惱怒。

身為真金烏，這也是無可奈何之事。在意氣消沉、心底直泛嘀咕的同時，奈月彥也明確認知到一件事——這種感覺實屬異常。若無緣的孩子得知自己的父皇是如此，不知是否會感嘆。

正當奈月彥在思考這種無益之事時，遠方乍然傳來嬰兒的哭泣聲，他感到有些錯亂，一時之間以為自己聽錯。當他抬起頭的瞬間，不祥的預感宛如劇痛般貫穿了全身，他立刻驚覺這是真金烏所具備的「某種能力」使然。

「殿下，怎麼了？」

飛在奈月彥身旁的明留察覺到異樣，轉頭詢問的同時，前一刻的哭泣聲變成了真實的聲音響徹整個山內。

那是很像尖叫的轟鳴聲，不知是誰發出的，也不像是從某個地方傳來的。反而像是從身體深處迸發出臨終慘叫般的悲鳴，在那個瞬間響徹天空、地面、湖泊和山谷，毫無慈悲地傳入每一個八咫烏的耳中。

在天空中飛翔的馬頓時停了下來，拍打著翅膀，明留和澄尾都捂住了耳朵。

周圍的空氣扭曲起來，攪拌著混濁空氣般的詭譎狂風開始肆虐，大地好像在呼應這個聲音般不停震動，不明原因的聲響漸漸變成了地鳴。

轟隆、轟隆！地面起伏翻騰，彷彿有什麼巨大的東西在地底下翻滾。天崩地裂，猶如一隻巨大無形的手正抓著大地用力搖晃，使勁地將地面撬開，漆黑的裂縫深處，揚起好似泥土焚燒的焦臭土煙。山崩地搖，懸崖上的房屋就像紙房子般紛紛崩落。

遠處沿著懸崖懸空而建的貴族邸第，與連結這些邸第的廊道，像是孩童的玩物般逐一倒塌。驚慌逃難的貴族們穿著華麗的衣裳，宛如花瓣般散落到斷崖的深處。

「停！」奈月彥雷霆萬鈞地放聲厲吼。

巨響霎時消失得無影無蹤，彷彿聽到他的命令，周圍陷入一片詭異的寂靜。空氣中隱約傳來人的慘叫聲和怒吼聲，但已沒有巨大的聲響，地面也不再震動。

「……停了？」明留聲音沙啞地低喃道。

「上面！」澄尾陡然驚叫出聲。

不僅地面崩裂，連天空也出現裂縫。昏暗的天空中，出現了無數條只能用「龜裂」來形容的黑線。

這是什麼？究竟發生什麼狀況？奈月彥極力保持鎮靜，但似曾相識的強烈眩暈感和熟悉的外界氣味，讓他不禁感到一陣戰慄。保護山內的結界出現破洞，眼前的洞更甚以往，照此下去，整個山內勢必會崩壞。

「澄尾，拿弓來！」奈月彥揚聲大喊道：「我會盡可能修補這些破洞，派人送箭和替換的弓過來，命羽林前往城下救援。明留去找山內眾，與神官一起封鎖龜裂附近，不要讓民眾靠近地面的裂縫，一旦掉進破洞，就再也回不來了。立刻行動！」

澄尾和明留沒有半句廢話，隨即分頭進行。

奈月彥騎在馬上，為弓拉起藤弦，在此同時，鳥形的雪哉和茂丸已趕到他身旁。

「跟我來！」奈月彥重新背好箭壺，騎著馬全力奔向上空。

龜裂處猶如黑線織成的蜘蛛網，可怕的黑影正持續侵蝕天空。

奈月彥從來不曾修補過天空中出現的破洞，眼前也只能孤注一擲。他帶著祈禱的心情，使盡渾身氣力將箭射向天空。射出的箭立刻消失在肉眼可見的範圍，不一會，耳邊傳來像是刺穿水晶的清脆聲音，只見淡紫色的光沿著黑影前進。

與此同時，奈月彥驀然感到全身發冷，頭暈目眩。當紫光擴散後，瞬間修復所有龜裂，轉眼間，黑色縫隙全都消失了。

成功了！奈月彥不等天空中的黑影完全消失，便轉身衝向地面。

地面到處都出現了崩塌，赭紅的斷層不斷塌陷，發出巨大聲響。裂縫深處是深不見底的黑暗，那並不是單純的地裂。

奈月彥一看到龜裂，旋即拉弓不停射出的箭，正中黑暗的中心，綠色藤蔓以驚人速度生長。鮮綠的藤蔓宛若魚網般覆蓋住地面的裂縫，當藤蔓遍及四周，瞬間綻放紫藤的花朵，頓時外界的氣味似乎淡化了不少。

然而，隨著淡紫色的花一朵朵綻放，奈月彥感到自己逐漸在失溫，他試圖把轡繩綁在身上，努力不從馬上跌落，但修長的身軀卻止不住顫抖，雙手也漸漸虛軟無力。或許是因為徒手握箭的關係，當手上的箭全都射完後，他的右手已滿是鮮血。

還不能停歇，放眼望去，到處都是破洞！

「殿下！」

遠處傳來呼喊聲，奈月彥定神一看，扛著箭壺的山內眾正朝向他飛來。

「損害情況如何？」

「中央門的橋已掉落，高岡地區和城下町幾乎全毀！」

「羽林前去救援被壓在倒塌房舍下的人，由於發生地裂，目前進展不利。」

奈月彥用快失去感覺的右手緊握住弓。

「優先前往地裂嚴重的地方，趕快帶路！」

「是！」

奈月彥緊抱馬首，準備飛往中央門。呱！一聲尖銳的鳴叫聲打斷了眾人的行動。

只見鳥形八咫烏以驚人的速度從朝廷方向飛來，對方身上的懸帶看來，是山內眾。鳥形同伴將背朝向鳥形山內眾，他抓住同伴支撐身體後迅速變身。

「報告，禁門出事了！」變成人形的山內眾臉色鐵青地大叫。

在第一次異常聲音響徹整個空間時，禁門前的地面和露出的岩壁都像是在呼應那道尖叫聲一般，不尋常地震動起來。

石壘崩塌，部分箭樓倒塌，驚慌失措的士兵抱頭退後，石壘上的石頭發出隆隆隆的聲音滾落下來。不知過了多久，搖晃終於停止，聲音也安靜下來，眾人一時還沒回過神，彷彿陷入錯覺，以為地面還持續晃動。

「剛才……是怎麼回事？」

神祇大副跪在地上，茫然地嘀咕著，千早和市柳都無暇回應。

「禁門發生變故！立刻恭請皇太子殿下前來。」市柳抑遏住惶恐，沉著地下達指令。

新來的山內眾立刻衝了出去。

「傷兵盡快撤離，沒有受傷的人武器不可離手。」

市柳努力重整慌亂的士兵，千早在此同時也確認了石壘的狀況。

「市柳，你看這裡。」

千早伸手一指，兩側牆壁旁，面對湧出流水棺木的那部分石壘崩塌了。

「沒想到這麼嚴重，必須趕快修復。」市柳跑了過來，皺著眉說。

「而且神域也有狀況。」千早用下巴指向禁門問道：「怎麼辦？」

可怕的是，聲音來自禁門外。

「怎麼辦？你竟然問我怎麼辦？」市柳倏忽感到一絲驚慌，瞥了石壘一眼。「……也只能趕快找石工來修補了。至於封印禁門這件事，只能請殿下想辦法。」

雖然市柳極力不讓自己陷入慌亂，但他確實說的合情合理。如今，他們能做的事很有限，先將倒塌的石壘移到一旁，清理地面，以免妨礙士兵行動，同時重新搭建好即將倒塌的箭樓。

千早輕輕點了點頭，分別向士兵下達指令。

「弓隊不得解除武裝，保持警戒，隨時注意禁門的動向。」

「無法使用武器的傷兵趕快撤退！輕傷者順便確認外面的狀況。無法拿弓箭卻仍有餘力者，幫忙搬移石頭，至少要讓箭眼能發揮作用。」

他們費盡九牛二虎之力，正打算重整竹子搭建的箭樓時，剛才前去報告的年輕山內眾跑了回來。

「皇太子殿下駕到！」

話音剛落，皇太子就率領雪哉、茂丸和數名山內眾出現了。

「禁門的情況如何？」

「地震發生時，從另一頭傳來巨響，目前……」

目前並無特別動靜。市柳正打算這麼說，突然傳來一聲「噹」的聲響——從禁門的另一頭傳來金屬用力碰撞的聲音。

千早立刻跑向土壘倒塌的位置，看到禁門的門鎖正慢慢移動，隨著沉重的擠壓聲，禁門緩緩被打開了，緊接著禁門外出現一道高大的黑影，雖然黑影用兩隻腳站立，但巨大的身影完全不像是人類。

「是巨猿！」千早驚叫出聲。

禁門前再度陷入緊繃。

「弓隊、弩隊各就各位，準備射擊！」

雪哉冷靜地下達指示，士兵慌忙回到各自的崗位。

皇太子比所有士兵更迅速衝上土壘，對著巨猿舉起了弓。

巨猿也立刻察覺到，原本漠然地看著完全敞開的禁門，慢慢將視線移到站在土壘上的皇太子，微瞇起了猿眼。

皇太子毫不留情地將箭射向那張似笑非笑的猿臉，儘管箭筆直地飛出去，卻沒有射中巨猿。箭就像是刺中一道透明的牆，停留在距離巨猿將近一公尺的空中，下一剎那，停留在空

中的箭自燃起來，消失殆盡

「殿下！請下達指示。」雪哉衝到皇太子身邊，請求道。

皇太子維持著剛才射箭的姿勢僵愣於原地，瞠目啞然地注視著巨猿。

千早驚訝得看著皇太子愣怔的模樣，心中暗自叫糟，不過已沒時間了。地上架設了五座弩弓，有超過二十名弓兵，幸好弩弓並無損傷，上方用竹子搭建的站立台沒有被損毀，弓兵也已回到各自崗位。

雪哉與千早交換了眼神，立刻做出決定。

「放箭！」雪哉代替皇太子下令。

在發出號令的同時，無數的箭飛了出去，從弩弓射出的粗箭，以驚人的速度刺向巨猿。然而，同時射出的數十支箭都跟皇太子剛才的狀況一樣，當射手看到在半空中燃燒的箭，紛紛發出驚慌失措的叫聲。

「不要退縮，準備射箭！」雪哉繼續下達指令。

就在雪哉發出號令的同時，弓兵發出「啊啊」的慘叫，手上的弓紛紛掉落在地上，火勢順著弦延燒了起來。

雪哉咂著嘴，拔出大刀，從土壘衝了出去，千早也緊跟在後。

「等一下！」背後傳來市柳慌忙制止的聲音。

雪哉無暇回頭看，全力衝上前將大刀刺向巨猿，千早也瞅準時機打算掃橫巨猿的身體。豈料，兩人的刀子在碰到巨猿之前便停在不遠處的空中，甚至發出「嘎鏘」的聲響。

千早的手感受到刀尖砍到硬物的衝擊力。

「……沒想到竟然用這種方式和我打招呼。」

巨猿說的是流利的御內詞，那是八咫烏在山內的語言。

千早焦急的同時，手掌傳來刺痛感，令他不得不放開大刀；雪哉也幾乎在同時間丟下大刀，跳向後方與巨猿保持距離。

千早看著前一刻還緊握在手上的大刀，不禁感到愕然。只見保養得宜、閃著銀色光芒的刀身，簡直就像是冰塊遇到火一般，刀身竟然熔化了。

當他回過神，才發現趕來助陣的士兵手上的武器，也都掉落在腳邊熔掉冒著煙，佩繩和掛繩也莫名焚燒起來。其中可能還有人不小心燒傷，抱著雙手露出驚恐的表情。

「蠢貨！」巨猿面露慍色，發自內心的輕蔑道：「今天是奉山神之命來此，與我為敵，就是反抗寶君，你們這群烏鴉怎麼可能傷得了我？」

巨猿的視線睨向士兵的後方，茂丸和市柳一臉嚴肅地挺身保護，臉色略顯蒼白、若有所思的皇太子。

「八咫烏族長，好久不見了。時機已到，我來迎接你了。」

巨猿再度瞇起大眼，戲謔地扯著嘴角，露出發黃的犬牙。

「接我？」

「是啊！山神大人有請，請別做無謂的抵抗，立刻跟我走吧！」

皇太子沉默不語。

「不必瞎操心，我們猿猴也無法輕舉妄動。若你決定要違抗命令，我完全不介意啦！」巨猿不耐煩地皺著眉說完，似乎樂在其中地笑了起來。「只不過，屆時會有怎樣的後果，就無法保證囉！」

巨猿說完該說的話後，便閉上嘴，抱著雙臂做出等待的姿勢。

現場陷入了緊張的沉默。

「殿下！」茂丸瞪著巨猿，徵求皇太子的意見。

皇太子緩緩環顧四周，咬牙緊抿著薄唇，額頭直冒冷汗。

「……好，那就聽你的。」

經過禁門的瞬間，奈月彥明確感受到周邊的變化。

耳朵深處有一種潛入水中般不舒服的窒塞感，當這種感覺消失後，空氣變得格外黏稠，冰冷卻又感到溫熱，有一種難以形容的混濁。

禁門另一端的大廳內覆蓋著枯萎的藤蔓，穿越大廳後，是一條巨猿也能輕鬆經過的通道，那顯然不是自然形成，而是穿岩鑿壁建造而成。通道內又暗又濕，不時可以看到躲在暗處、一對發亮黃眼珠子的猿猴。正如巨猿所說，那些猿猴只是看著他們，並沒有任何行動。

雪哉和千早跟在奈月彥身後同行，雖然市柳和茂丸堅持要陪同前往，奈月彥阻止了他們，而且巨猿也不同意更多人偕行。

自從向巨猿射箭之後，不知哪裡出了問題？奈月彥暗中忖度著，他感到體力極度消耗，而且和修補破洞時無法相提並論，有點像貧血。那種生命力直接被吸走的感覺，比之前更加強烈，簡直就像身體不再屬於自己。

其中最大的問題在於，當箭離手的瞬間，內心產生了被拖出來面對譴責、怒視自己行為的感覺，甚至會忍不住想：啊，搞砸了！身為金烏的本能，不斷地敲響警鐘，在遠比自己巨大可怕的對象面前，似乎做了不該做的事。

奈月彥意識到一件事，箭無法刺中巨猿，以及手下的武器熔化，這些都不是問題。然則當自己試圖攻擊，甚至有反抗的意願時，那個可怕對象會用行動展示的實力，這才是真正的嚴重性。

照此下去，所有人都會送死，無論如何必須為眼前的情況辯解。

奈月彥無法掌握所有狀況，有生以來，嘗到不曾感受過的恐懼。他跟著巨猿盲目地往深處走去，一股顫慄從背脊傳到四肢，不寒而慄的冰冷，幾乎要麻痺自己的心。

走著走著，起初感覺到的寒冷漸漸消失，空氣卻更加黏膩、溫熱，而且溫熱中似乎還帶有血腥味。隨著令人反胃的血腥味越來越強烈，開始聽到濕黏的聲音。

對方在洞穴深處空曠的漆黑空間內，那裡並無光源，對方就像自身會發光般浮現在黑暗中，最先映入眼簾的是裸露岩石上的深色液體。

奈月彥並非根據顏色，而是從氣味得知那是血液。

在那灘血液中央的白色物體，是倒在血泊中的女人肢體。那個在驚恐中送命的年輕女人，臉朝向他們一行人，一頭長髮散亂，衣服被撕開，五臟六腑曝露在腹部周圍。女人的魂魄早已逃離，曾經是人類的女人軀體，現下已完全變成了物體。

似乎有什麼東西趴在女人的身上蠕動，定睛一看，外表看起來像是小隻的猿猴，或是長得像猿猴的妖怪。妖怪手臂細如樹枝，腹部鼓起，駝起的後背上一節節突起，簡直就像是可以捏起的脊椎排成一直線。雖然沒有像猿猴般的體毛，但外表看起來太像野獸，也無法稱之為人類。

只見妖怪咬住女人身體潔白柔嫩的肌膚，咻嚕咻嚕地吸吮著還冒著熱氣的內臟，喉嚨發出咕嚕咕嚕的聲音。

「寶君，我們的山神大人，我將烏鴉帶來了。」

聽到巨猿的說話聲，妖怪抬起滿是皺紋的臉，黏稠的血液從他的嘴巴，順著下巴滴落。油膩髒亂的白髮之間，露出一雙滾圓的眼睛，凹陷眼窩中突出黯淡無光的眼珠子，正一動也不動地盯著奈月彥。

祂……這種妖怪竟然是山神？奈月彥感到困惑，對眼前的狀況茫然無頭緒。

「烏，烏鴉？」

在令人緊張的沉默之後，倏忽響起的嗓音，猶如老人般沙啞，又像蛇的威嚇聲般嘶啞。

「多久沒見了？」

雖然妖怪的聲音聽起來疲憊不堪、心灰意冷，卻可以明確感受到聲音中的憤懣。

「差不多有一百年了，自從他們把門關起來後，就不曾見過。」巨猿若無其事地回答。

「這樣啊！那還敢滿不在乎地露臉……」妖怪頻頻點頭，越說越生氣。

似乎感應到妖怪的忿恨，空氣中漸漸帶著電，奈月彥的髮梢猛然冒起了火花，站在他身後的雪哉和千早忍不住倒抽了一口氣。

眼前這個妖怪顯然支配了現場，自己不是對手。奈月彥有生以來，第一次感受到壓倒性的挫敗感。同時，他也意識到一件事——一百年前，真金烏那律彥害怕的並非猿猴，而是眼前這個妖怪。

巨猿對驚愕不已的奈月彥不屑一顧，滿心歡喜地安慰著妖怪。

「算了、算了，您不必這麼生氣。他們的確不夠完美，但眼前需要他們幫忙。」巨猿說完，將視線從沉默不語的妖怪身上移開，轉向奈月彥說道：「最近光靠我們已經無法妥善照顧寶君，儘管你們當年放棄自己的職責逃走一事不可原諒，這次就特別網開一面，同意讓你們返回神域。」

「要做什麼？」

「當然是由你們照顧寶君。」

奈月彥頓口無言，巨猿不懷好意地訕笑了起來。

「你們可要好好感謝我，是我提出這個提議的。」

奈月彥轉頭與一直睥睨他的妖怪四目相對。

「如何？」

奈月彥還是緘口無言。

「殿下！」雪哉連忙用氣音低聲說道：「殿下，請不要倉促……」

「若你不願意就直說，我無所謂。只不過，」妖怪略頓，眼前似乎又冒出了火花，「只不過，我不需要無用的東西。」

奈月彥眼前頓時變得一片白，猛烈的劇痛向他襲來，就像被尖銳的長指甲抓住了腦髓。

不過自己的疼痛並不重要，在他感覺到疼痛的同時，身後傳來更大聲的慘叫。他回頭一看，發現自己的手下已雙手抱頭，滿地打滾。

「雪哉！千草！」

奈月彥叫喊著衝了過去，他把手放在兩人的頭上，像在修補破洞時般使用念力，但兩個人非但沒有好轉，哀號聲更加淒厲。無論再怎麼使用金烏的能力，也完全沒有發生任何改變，奈月彥對此感到錯愕。

「烏鴉，你決定好了嗎？」

巨猿的催促，讓奈月彥更加焦躁。

妖怪沒有眨眼，一雙混濁的大眼直盯著他。

「我現下就可以毀了你們的老巢。對我來說，不費吹灰之力。」

妖怪語帶戲弄地說完，立刻響起了地鳴，整個地面都震動。

奈月彥此刻才終於恍然大悟，原來山內的地震就是這個傢伙引起的，冷汗順著他的額頭流了下來。**他們到底有什麼企圖？若同時在此服侍妖怪，會造成什麼結果？山內和八咫烏？**

「不行！」眼前的雪哉咬牙切齒地反對，他似乎察覺到奈月彥的猶豫。

一行鮮血猛然從雪哉的鼻孔流了出來，奈月彥看到這一幕，聽見了內心決定性的關鍵折斷的聲音。

「……我願意服侍您！」奈月彥跪於地，向妖怪臣服道。

「喔？」

頭痛消失了。

「不……行！」雪哉語帶無奈，虛軟無力地持續反對。

奈月彥深吸了口氣下定決心。

「我等八咫烏願意在此服侍您……服侍山神大人。」

八咫烏族長朝著瀰漫著血腥味的黑暗深處，對著名為山神的妖怪俯首。

第二章　斷罪

那是金色光芒籠罩的世界。

稚嫩的胞弟咯咯笑著，他坐在嶄新的榻榻米上，伸出胖嫩的小手，抓住身旁不知誰的腿，搖搖晃晃地站了起來。

「梓，快看，小雉站起來了。」

耳邊傳來熟悉的男子說話聲。

他知道了，這裡是鄉長官邸，而把雪雉抱起來的，是父親大人。

「小雉，你太厲害了。」

「太了不起了。」

母親臉上寫滿興奮，兄長們在一旁開心地蹦跳。

父親看著抱在懷裡的么子，顯得既欣慰又感慨。

「這樣看著他們，就覺得小雉長得和雪馬幾乎一模一樣。梓，他以後勢必像妳，一定十分俊俏。」

「我覺得這孩子比雪馬頑皮，才不像我，反而更像你。」母親微笑著說。

「是嗎？」父親樂得眉開眼笑。

「那我呢？」雪哉跑向他們四個人，拉著父親的褲裙下襬，抬起頭問道。

「你不像任何人。」父親立刻收起前一刻笑容。

「啊？」雪哉不禁驚叫出聲。

他猛然回過神，發現剛才籠罩金光的空間瞬間一片漆黑。

好冷！寒冬的冷風吹來。母親、長兄和胞弟都不知去向。

「父親大人……？」雪哉心中惶惶不安。

「那裡才是你該去的地方。」父親甩開他的手，面無表情地指向他背後。

雪哉立刻察覺身後有動靜。

啪嗒啪嗒！陰冷濕濡的腳步聲越來越清晰。

好可怕！不想回頭！

轉眼間，家人全都離開了雪哉。下一秒，在很遠很遠、很遙遠的地方，有一個像閃耀繁星般明亮的空間裡，母親、雪馬和雪雉都在盡情地歡笑。

雪哉看著父親走向家人的背影，驀然心生驚恐。

「父親大人，等等我！不要丟下我！」雪哉嘶聲哭喊著。

父親始終沒有回頭，母親也只對雪馬和雪雉露出溫柔的笑容，沒有人發現雪哉孤零零的一個人。

「等等我，等等我啊……母親大人、母親大人，我在這裡！」

就在這時，雪哉的背後伸出一雙冰冷的手捧住了他的臉，隱約能感受到帶著腐臭味的氣息，突然耳朵邊響起一個沙啞的聲音。

「你・的・母・親・在・這・裡！」

「參謀？」

雪哉猛然睜開眼，最先映入眼簾的是一臉擔憂地看著自己的學弟。

「……原來是你啊！治真。」

「是的。你還好嗎？剛才好像做了噩夢。」

「不，我沒事。」

雪哉撫著額頭坐了起來，治真立刻遞上水壺。

雪哉咕嚕咕嚕地喝了幾口水後，腦袋才稍微清醒了些。

這裡是〈招陽宮〉的歇息房。

禁門打開至今，即將滿三個月。從那天之後，山內的天空總是烏雲密佈，完全不見片刻陽光。即便沒再發生大地震，各地種植的農作物卻開始腐爛。此外，地震導致中央及地方各處的結界出現了破洞，山邊發現神秘火的報告也接連不斷。

山內已從邊境開始崩解，無處可逃了。這樣的傳聞漸漸被擴散，中央的人們不知該逃往何處，於是紛紛來到有許多要塞且建築物損傷較少的〈凌雲宮〉。

然而，唯一能夠修補結界破洞的皇太子，此時根本無暇顧及此事，因為他被自稱是山神的妖怪，不分晝夜地頻頻召喚。

起初要求皇太子照料生活起居的妖怪，實際上並無特別指使皇太子做什麼，只要心血來潮就將他叫喚過來，然後口不擇言地破口大罵。皇太子一稍有延遲，妖怪的心情就會瞬間驟變，山內連帶又會發生小規模的地震。而服侍妖怪的巨猿總是露出不懷好意的邪笑，冷睨著皇太子。

雪哉沒機會親眼目睹，僅透過皇太子的口述，依舊想不透妖怪與巨猿在盤算什麼？禁門的另一端，稱為〈神域〉，雪哉無法陪同皇太子一起前往。因為皇太子親自下令，一旦自己有什麼三長兩短，就由雪哉負責指揮山內。

擔任參謀的人，平時都要在勁草院的宿舍內待命。然而，雪哉身兼山內眾要職，當皇太子在山內期間，他就必須擔任皇太子的護衛。因此，只要沒有〈兵術〉演習課時，他經常會在〈招陽宮〉的歇息房小憩。

此時此刻，皇太子在神域應付妖怪，原本打算在皇太子回來之前小睡片刻，卻睡得十分不安穩。

治真是以前在勁草院時期的學弟，也是雪哉的心腹下屬。

「抱歉，打擾學長休憩。」他有禮地鞠了一躬說道。

「有什麼事嗎？」

「接到明鏡院的聯絡，似乎有事要向皇太子殿下稟報，請參謀同行。」

「殿下目前在哪裡？」

「還在神域。我已通知茂丸學長，他說會陪同皇太子前往，因此希望參謀先前往明鏡院，然後在那裡交班，由你接手護衛。」

「好，我馬上就去，備馬。」

「是。」

雪哉略略整理衣裝後，便在治真的目送下，離開了〈招陽宮〉。

雖然才剛過晌午，天色卻十分昏暗，風中也帶著幽暗的氣味。下方的高崗地區尚未修復，與雪哉第一次跟著父親來到這裡所見的景象，已完全大不相同。

雪哉對於這人事早已全非的景象，無論瞧多少次，都感到相當厭倦。他重新調整心情，策馬一路飛翔。

雪哉深愛他的家人及故鄉。

自從二十年前降臨此世，成為北領垂冰鄉鄉長的次子以來，他不曾懷疑過這種想法。當他來到懂事的年紀時，便知道三兄弟中，只有自己的母親是不同的。因為鄉長公館內少不了那些一直提議要將雪哉送去當養子的親戚，也有不少人喜歡談論雪哉已辭世的母親。

幸好雪哉遇到了養育他長大的母親，梓。梓對他視如己出，而梓的親生兒子，也就是雪哉的長兄和么弟也從不把這件事放在心上。

雪哉的親生母親身體羸弱，但脾氣暴躁且性情剛烈。他們之間的親事是有心人士刻意撮合的，在此之間，父親其實早已愛上了梓。只不過，母親以門風為由橫刀奪愛，硬是生下了雪哉，卻還來不及把雪哉抱在手上便與世長辭。儘管雪哉沒有當面問過父親，不過父親顯然對雪哉的母親有某種難言的、複雜的情感。

在剛才的惡夢中，父親對雪哉冷淡刻薄，現實的父親對他的態度和其他兄弟無異。只是父親在面對另外兩位兄弟時，臉上的表情多了些暖意；對於自己，雖有基於義務感的父愛，卻沒有純粹的感情。

若自己天真可愛的話，在發現這個事實時，或許能純粹感到難過，現在可能就會有不同的結果。不過，雪哉有些事不關己地認為，自己似乎能夠理解父親。因為他完全搞不懂自己的母親到底有什麼目的？也不明白母親是聰明，還是愚蠢任性，試圖從中作梗？

然而，有一件事卻十分明確——那就是，母親並不是一個好女人。

不論是遭到母親虐待的下女，或是與母親一起生下自己的父親，從他們的口中，都從未聽過任何關於母親的好話。

不可思議的是，照理說被母親害得很慘，吃盡苦頭的梓，卻反而袒護起母親。記得她露出坦誠的笑容對自己說：「**她絕對比世界上任何人更愛你，所以你是在包括我在內的兩份母愛下健康長大的。**」

梓是雪哉最尊敬的人，她十分聰慧，卻與算計完全無關，長兄和么弟也都繼承了梓的良好品性。

只有自己不一樣。雪哉為此感到難過，也正因為這個原因，他深愛著梓和兩個兄弟。

相反地，被親生母親玩弄於股掌的父親，則是個平庸之輩。身為鄉長，不能只是當好人，必須具備政治上的狡猾，他卻完全缺乏這方面的才華。

父親在垂冰鄉或許是出色的首領，但缺乏抵抗來自中央施壓的氣概，也欠缺巧妙化解這種壓力的精明。北家未必永遠都能與垂冰友好，不知父親是太老實還是過於單純，一心只想著不要惹事生非。隨著雪哉年歲漸長，他訝異這樣的父親竟然能夠勝任鄉長一職。

從某種意義上來說，在所有家人當中，他和父親最有共鳴。因為父子兩人都對硬是要生下雪哉的北家公主，有著難以言喻的情緒，同時又發自內心深愛著梓和她生下的兩個孩子。梓和她的兩個孩子比任何人、任何事物更加重要，一定要好好保護他們。父親能力所不及之處，雪哉認為自己必定能做到。

自己必須代替父親，保護所愛的家人和故鄉。

即便必須為此放棄某些東西，自己也要挺身保護。

雪哉在上空飛行，腳下是一片黯淡綠色，舖著白沙的大寺院出現在前方，那是由皇太子的皇兄長束所主持的〈明鏡院〉。

〈明鏡院〉並不在凌雲山上，而是位在中央山的角落，也就是中央山的西側，剛好在大門飛往凌雲山路線下方的位置。由於神祇官必須管理禁門，因此並沒有遷往〈凌雲宮〉，而是遷至〈明鏡院〉。

雪哉降落在車場後，左右張望，正想將馬交給下人，便瞧見有人騎馬從中央山的方向飛了過來。

他不可能看錯，那是皇太子和茂丸。

雪哉從馬上跳了下來，交給走過來迎接的下人後，站在原地等待主公及好友。

「你特地在這兒等我們嗎？」皇太子敏捷地降落在他面前，順勢問道。

「怎麼可能？」他故作輕鬆地回答：「臣也剛到。」

雪哉接過轡繩，不經意地打量著馬上的皇太子，內心不禁起了波瀾。

皇太子平時束在腦後的黑髮貼在額頭及脖子上，雖然他的皮膚原本就十分白皙，即便考慮到天氣陰沉的因素，臉上也不見半點血色。他身型高瘦，睫毛很長，鼻子英挺，下巴略尖線條優美，整個臉龐充滿了中性美。皇太子平時的神情和態度完全掩蓋了這種印象，但此刻他乏力地陷入沉默的樣子，令人擔憂。

「若要昏厥，請下馬之後再做。」雪哉半開玩笑地表達憂心。

「嗯，是啊！吾會留意。」皇太子邊說邊俐落地從馬上跳了下來。

雪哉原本暗自盤算皇太子可能需要攙扶，看來似乎多慮了。而站在一旁的茂丸也憂心地直盯著，雪哉用眼神示意他先退下。

皇太子將馬交給下人後，隨著神官來到〈明鏡院〉的書庫前，察覺到室內透出鬼火燈籠淡淡的亮光，請皇太子移駕此地的人早已在等候。

為了保持通風，這裡的書庫採用了石材地板，書架懸空而建，閱讀區內擺放著山內罕見的長腳書案和椅子。

「抱歉，吾來晚了。」

三名男人聽到皇太子的聲音後同時抬起頭，他們分別是親王長束、長束的護衛路近，以及一臉疲憊的神祇大副。

長束與俊逸清瘦的皇弟不同，他身材偉岸，五官輪廓分明而深邃，端正的臉龐很有男人味，只不過近來總是眉頭深鎖。一頭齊長的黑髮披散在金色袈裟上，他高大的身形在宮烏之中也相當引人注目。

不過，路近比長束更加高大魁梧，他出生高貴，外形卻時常令人誤以為投錯了胎。他有筆挺的鷹鉤鼻與尖銳的犬齒，一雙炯炯有神的大眼宛如猛禽，全身肌肉飽滿，就連北家武人也很少能像他如此結實。他身穿絳紅色繡有貴族馬車金色車輪圖案的衣服，完全不像是〈明鏡院〉所屬護衛的裝扮。

路近的性格，用桀驁不遜這幾個字眼來形容，已是相當委婉的表達方式，卻十分符合他狂傲的外表。此刻也只是瞥了眾人一眼，便繼續靠著牆打瞌睡。

坐在椅子上的長束和神祇大副一瞧見皇太子，隨即站了起來。

「殿下，您的氣色似乎不佳。」

「你沒事吧？只要交代一聲，我們可前去晉見你。」長束急忙走到皇太子跟前。

「吾的時間很緊迫，不知妖怪何時又會召喚。」皇太子神情顯得厭倦。

雪哉聽聞輕咬著臉頰內側，默不作聲。

在皇太子的命令下，陪同他前往神域的山內眾可輪流休憩，不過被妖怪召喚的皇太子卻片刻都無法停下來喘一口氣。他一回到山內，只要稍微有空閒，就得四處奔走，修補破洞。

看到一天比一天憔悴的主公，雪哉卻只能束手無策地乾著急。

「總之，你先坐下吧！」

長束展現出不曾在他人面前表現的體貼，將自己的椅子讓給了皇弟。在燈光下瞧見皇弟蒼白的臉色，露出不悅的神情。

「照此下去，你身體會撐不住的。難道就沒有不去神域的方法嗎？」

「一旦惹惱了妖怪，不知又會發生什麼事。」皇太子緩緩地搖首回答。

空氣頓時顯得沉重，茂丸輪流看著皇太子與長束的臉，為了改變氣氛開了口。

「請問，不是有事商談嗎？既然時間緊迫，是否盡快處理完，讓殿下能小憩一下。」

站在長束身旁滿臉不安的神祇大副，如夢方醒般地眨了眨眼，立刻點頭說：「喔！喔喔，有道理！」然後把書案上的冊子遞給皇太子。

「這次找到了一百年前的神祇官留下的日誌。」

大約一年前，要求皇太子打開禁門的小猿曾說：「以前八咫烏和猿猴一起服侍著山神。」自從那次之後，八咫烏便十分努力地鑽研，百年前在神域到底發生了什麼事？

尤其在以長束為中心調查後發現，山內幾乎很少有關於以前各種事件和現象的紀錄。他們認為這種情況與一百年前，拋下主公、獨自回到山內的護衛景樹有關。

景樹，就是之後成為百官之長〈黃烏〉的博陸侯景樹。當年他舉行了大規模的文書編纂，然則幾乎所有人都認為，那是為了掩飾「自己身為護衛卻無法保護主公」的失敗，而篡改當時的資料。

在朝廷遷移時，重要的資料也都一併移至〈凌雲宮〉，他們也藉此機會大規模整理史料記錄，最後還是沒有太大的收穫。

「是在哪裡找到這份日誌？」雪哉謹慎地問道。

「進行古書修復時，在裝訂冊子的背面發現的。」

神祇大副一邊回答，一邊小心翼翼地翻著冊子，當他翻開紙張的背面，上面寫著密密麻麻像米粒般大小的文字。

一百年前的山內，紙張是稀有的高級品，當時的神官不想浪費，於是將紙張的背面重新利用後，再裝訂成冊。

「吾適才也瞄了一眼，簡直荒唐。」長束蹙起濃眉。「不過，也瞭解到為何幾乎沒有留下任何史料紀錄。」

「這到底是怎麼一回事？」皇太子心中隱約閃過某種臆測。

「博陸侯景樹的行為，並不是篡改紀錄這麼簡單……」長束低頭看著冊子，嘴裡說出驚人的猜測。「而是焚書。」

當時整個朝廷完全掌控在景樹手中，而四大家珍藏的史料紀錄幾乎都交給了朝廷，因為他們希望能為山內留下正確完整資料。豈料，最後完成的《泰山記》卻是按照簡略的編年體編纂而成的文獻，無論再怎麼仔細閱讀，也不可能詳細瞭解過去實際發生的事情。

最重要的是，朝廷並未歸還四家所交付的文書。

根據四家的紀錄，朝廷保管了那些史料紀錄；只不過實際調查後發現，完全找不到那些資料。於是終於能夠推測，有大量的文獻及紀錄遺失了。

「之前一直疑惑貴重的古典文獻，到底在哪裡？……你看這個。」長束翻開書案上的日誌。「景樹派神祇官的神官，秘密燒毀了那些古書和資料。」

神祇官的日誌中，明確記載了對博陸侯的行為感喟不已。博陸侯出席了所有的焚書現場，當負責史料整理的官吏試圖偷偷帶走時，他立刻當場嚴懲，有人看不過去表達不滿，他甚至直接殺雞儆猴。

另一方面，身為神祇官之長的白烏，竟然也沒有阻止博陸侯的惡行，即使質問白烏為何不阻止，他也只說是為了子孫。

「『一切都太詭異了，上頭的人瘋了。』」日誌用這句話作為結語。」

應該還有其他類似的紀錄，只是在博陸侯的檢閱之下，全都被銷毀了。

「看來這份日誌能夠留下來，是我們的幸運。」長束故作樂觀地說道。

「不過，博陸侯為何要試圖銷毀史書呢？」茂丸滿臉不解地眨眼反問。

「若知道，我們就不必這麼辛苦了。」神祇大副搖著頭，煩躁地回答。

「各位認為還有什麼可能性？任何想法都無妨。」皇太子詢問在場的所有人。

「……嗯，最有可能的，就是這些史書中有對他不利的內容？」雪哉一邊思考，一邊摸著下巴說道：「景樹把當時的金烏留在神域，自己回到山內，而且根據這份日誌，白烏也是焚書的幫凶。看來必定是有什麼關於神域不可告人的事。」

重新檢視紀錄後，發現有關一百年前的事件和山神的記述特別少。禁門和神域的祭祀向來被視為秘密儀式，只有金烏和白烏周圍極少一部分人參與。如果當年的金烏親信和白烏率先銷毀相關資料，身為後人根本束手無策。

「……那律彥害怕神域的妖怪，才封閉了禁門……」皇天子沉吟了片刻，低喃道。

目的是為了保護八咫烏一族。

「然而，景樹回到山內之後，隱瞞了在神域發生的事，而且還特地進行大規模的造假編纂，並燒毀以前的史書……？」

「根據『百年前的事件、史書和神域』等這些字眼，會不會是有關山神的記述內容？」

雪哉聽了神祇大副的臆度，陷入了沉思。

對八咫烏來說，山神僅是信仰的對象。而金烏則是奉山神之命開拓了山內，因此會代表所有八咫烏祭祀山神，保護山內。在金烏缺席期間，會由代理金烏和白烏來執行這項工作。

目前只有《大山大綱》和《山內囀喙集》等文獻，有開創山內時期的紀錄，也就是有關山神的記錄。

《大山大綱》是當年白烏記錄初代金烏口述開創山內的內容，經歷好幾代之後，才實際著手編纂，因此在何種程度上是否能稱之為史書，至今仍然爭論不休。

至於《山內囀喙集》也非正式的史書，編纂時間與《大山大綱》不相上下，它記錄了前往地方巡禮的宮烏所口述的故事。

《山內囀喙集》中提到，金烏帶著四個兒子，與山神一起來到此地；長子得到東領，次子得到南領，三子得到西領，四子得到北領，這就是四家的起源。其中並未提及宗家的起源，而在四家流傳的故事中，宗家的始祖也是金烏的兒子，只是不知道是第幾個兒子。

雖然不同的紀錄之間有微妙的差異，但初代金烏有五個兒子的見解，便成了定論。《泰山記》也根據目前被視為朝廷正式紀錄的《大山大綱》，記述由長子繼承宗家，次子之後的四個兒子則是四家的起源。

總而言之，在山內的正史中，金烏和山神一起來到此地。

雖然金烏確實存在，但之前一直認為山神只存在於傳說中。山神是八咫烏信仰的一部分，八咫烏會用供品供奉山神，也僅此這樣而已，從來沒有人認為山神實際存在。儘管據說神域與外界是相通的，由於八咫烏都在朱雀門與天狗進行交易，在此之前都認為探究此事的真偽毫無意義。

關於山神的所有問題，都十分模糊不清。

「所以山神實際存在這件事，對博陸侯很不利嗎？」

「茂哥，你不要搞錯了。」雪哉實在無法對茂丸的詢問置若罔聞，不由得抬起頭說道：「那不是山神，而是自稱是山神的妖怪。」

至少那個妖怪，和山內傳說中尊貴形象的山神，大相逕庭。

雪哉對於那個妖怪讓自己頭痛欲裂的情況，歷歷在目。妖怪具備了折磨自己和千早等人，痛不欲生的神奇力量。縱使擁有強迫人服從，以及足以毀滅山內的能力，外表卻醜陋得讓人無法直視。

不過，最讓雪哉膽顫心寒的，是那雙不尊重生命的混濁眼眸，雪哉認為那正是自稱山神的傢伙就是妖怪的最好證明。

猿猴絕對是八咫烏的敵人，而那個妖怪則是猿猴的主子。

「雖是個人意見……」雪哉帶著確信的神情，看向皇太子說：「但我不認為我們的祖先會欣然追隨那個妖怪。」

「此話怎講？」

「山神和目前的妖怪可能完全不同。」

茂丸和神祇大副都驚愕地抿著雙唇，頓口無言。

長束轉向默默傾聽雪哉主張的皇弟。

「奈月彥，你也這麼認為嗎？」

「……說實話，」皇太子目不轉睛地盯著自己的手，謹慎地說道：「那究竟是否為我們祖先追隨的山神，還是其他妖怪，吾不得而知。只不過，有一件事很明確，吾身為金烏，在面對那個妖怪時，下意識認為不得違抗。」

皇太子表示，妖怪一旦心情惡劣，會在山內引發地震，造成更多死傷，這是無可動搖的事實。此外，山神的意志會讓八咫烏的武器完全無法發揮作用，只有皇太子能夠攜帶武器進入神域，其他像是山內眾等，即使想拔刀，大刀也會猶如冰塊般熔化。

「現下不清楚是否為山神的力量，但那個妖怪的確具備這種能力。」

所有人都陷入片刻的靜默。

驀地，雪哉像是下定決心般，說出一直盤旋在腦海中的揣測。

「是不是遭到殺害了？」雪哉唐突地問道。

所有人的視線瞬間集中在他身上。

「遭到殺害？你是指誰？」

「八咫烏的山神。」

茂丸一臉不解的表情，雪哉用眼神示意他別著急。

「在八咫烏的歷史上，不曾出現過猿猴。然而，目前猿猴都聚集在神域，還與被稱作山神的妖怪形影不離、狼狽為奸，這個妖怪甚至還具備了類似山神的力量。或許對猿猴來說，妖怪的確就是山神。」基於這些情況，雪哉暫時理出一個結論。「因此，會不會是巨猿和妖怪來到山神和八咫烏生活的地方，將原本的山神給殺了。」

「你的意思是……」神祇大副雙目瞠大，驚問道：「我們侍奉的山神原本住在那裡，他們取而代之了嗎？」

「這種看法確實能解釋目前的情況。」

真金烏原本侍奉一起來到此地的山神，一百年前，妖怪帶著猿猴入侵，將原本的山神殺害了。金烏不惜犧牲自己的生命保護山內，避免猿猴繼續攻擊，而景樹為自己無法保護山神感到羞愧，於是決定銷毀相關的詳細記錄。

「這只是我的揣測。」

「也是目前聽起來最合理的說明。」神祇大副讚佩地點點頭。「猿猴要求我們再度服侍山神，在他們眼中，這也是順理成章的事。」

「但博陸侯原本不是武官嗎？」茂丸納悶地側著頭，提出疑點。「既然敵人就在身邊，他會隱瞞這件事嗎？」

「若擔心外敵侵犯，反而應該呼籲大家提高警覺。」長束也認同意茂丸的意見。

「……他可能做夢都沒有想到，」神祇大副遲疑了半晌，看向皇太子說道：「主公捨命封印的禁門會被打開。」

空氣頓時陷入了緊繃的氣氛。

無論是巨猿，還是妖怪都無法破除禁門的封印。一百年前，曾經是那律彥親信的景樹，很可能也知道這件事。禁門的封印十分牢固，應該只有金烏的命令才能打開，只是皇太子不慎中了小猿的計謀。

在一片沉默中，奈月彥低垂著頭，似乎正在承受內心的煎熬。事到如今，即使自己為不慎打開禁門深感懊惱，若剛才的推測完全正確的話，似乎能看到一線希望。

「倘若推翻山神的人，能成為下一任山神；那現下只要殺了那個妖怪，就可以解決所有問題了。」

殿下！雪哉帶著明確的目的呼喊著主公。

「想要保護山內，就必須殺了他們。」

「我猜你想說，只有吾有這種能力。」皇太子輕笑一聲說道。

「是的。殺了他們，」雪哉毫不猶豫地回答，同時也做好了在緊要關頭，陪同主公共赴黃泉的心理準備，「您成為新的山神，問題便能迎刃而解。」

山內眾的大刀會熔化，只有皇太子能夠帶太刀進入神域；所有八咫烏中，唯一有可能取代山神的，就是真金烏皇太子。

一旦推翻妖怪，就不會被那神奇的力量給壓制，接下來就僅剩與猿猴的對戰，若只是這樣的話，並非沒有勝機。

皇太子和雪哉相互凝視，半晌後，皇太子輕歎了口氣。

「……現下對於神域、山神，以及山內的關係等，還有太多未解之處，先別太早下定論，再謹慎斟酌是否還有其他方法。」

「是啊！不可倉促行事。」一直屏氣凝神聆聽他們討論的長束，這才放鬆了肩膀。

「但是……」皇太子瞳孔一縮，斂下痛苦眸光，接著俊顎一揚。「若這確實是唯一的方法，吾必定竭盡全力。」

「感謝您，屆時我們必定赴湯蹈火。」

「別危言聳聽。」

長束略感焦慮地看向其他人，簡直像是在求助，而神祇大副也露出不知所措的表情。

然而，茂丸的表情卻很堅定，他和雪哉的理由相同——為了保護山內，決定成為山內眾。因此，即使不需特地聲明，他早就做好在關鍵時刻挺身而出的心理準備。

長束看著不再說話的雪哉和茂丸，翻湧的感動漲滿了胸膛。

「希望兩位在吾力所不及之處，保護真金烏陛下。不……」他停頓一下，又改口說道：

「皇弟就拜託兩位了。」

「是，必定全力以赴！」雪哉用力點頭保證。

此時，天邊響起了轟隆隆的雷聲，看向窗外，發現中央山的山頂附近烏雲翻騰。

「唉！」茂丸一臉厭煩地嘀咕道：「山神又在召喚了。」

「你來遲了！剛才在幹什麼？」

奈月彥一踏進神域，妖怪便情緒激動地破口大罵。

「很抱歉。」

「你這個不忠不義的傢伙，我才不想聽你解釋。」妖怪低啞地吼叫。

「我看，這傢伙內心完全沒有絲毫歉意，想必早已忘了山神大人不計前嫌的大恩。」巨猿把嘴湊到妖怪耳邊，挑撥離間地說：「真是卑鄙無恥、下流齷齪的畜牲。」

「太令人厭惡了。」妖怪尖聲罵道，聲音就像是指甲抓金屬般的刺耳。「你們這些專門吃屍體的烏鴉，乾脆把你們統統消滅！」

妖怪正坐在天花板上掛了很多髒布的岩石屋深處，一旦他情緒失控，任何辯駁都沒有意義，他和猿猴只是想要痛罵、羞辱奈月彥。

妖怪每次召喚奈月彥時，巨猿十之八九都會隨侍在側，不停地進讒、慫恿妖怪對奈月彥大發雷霆。即使遭到無中生有的挑剔，為了平復妖怪的激動，奈月彥只能先賠不是。

奈月彥對此已經習以為常，現下默不作聲地聽著妖怪的惡言詈辭，敏感地察覺到今天的氣氛和平時不太一樣。

「可惡至極啊！」巨猿刻意語帶無奈地說道：「真懷疑他們這些不中用的畜牲，有沒有能力照顧好活供。」

「……照顧活供？」奈月彥略頓，俊顎一揚反問。

「嗯，是啊！」巨猿心情愉悅地說：「今年來不及了，但明年一定會送來，接下來就由你們照顧活供吧！」

「活供是……？」

「你連這件事也忘了？真是太不中用了。」巨猿動作誇張地咳聲歎氣。「活供又叫活供品，顧名思義，就是獻給寶君的女人。」說完，巨猿走到渾身散發不悅、一言不發的妖怪旁，摸著祂的頭，不懷好意地說：「寶君的御靈必須轉世換體才能夠持續長存，而且得由人類女人的身體來孕育寶君，並撫養育祂長大。」

「什麼？」奈月彥震駭地瞠大了清眸。

他一直以為自稱山神的妖怪，其實是猿猴的親族；若猿猴剛才所言屬實，那妖怪便是由人類所生下來的……

「生下寶君的人類女人能夠完成這項使命，當然皆大歡喜。」巨猿不理會陷入混亂的奈月彥，自顧自地說：「沒想到那女人竟然對自己生下的孩子感到畏懼，尖叫逃走了。」巨猿稍頓，勾起凶殘的笑痕。「那麼，她就只好淪為山神大人的食物囉！」

驀地，奈月彥腦海中浮現第一次來到神域時的景象——被扔在岩石上的屍體；散發出腥味的內臟；帶著痛苦表情死去的女人，眼睛就像混濁的玻璃珠。

奈月彥終於意識到是什麼狀況，一陣陣令人不寒而慄的顫意湧上心頭。

這個妖怪當時正在啃食他母親的屍體。

「接下來，你得負責保護下一個人類女人。」巨猿無視滲出冷汗的奈月彥，露出嘲弄的冷笑。「要做好充分的準備啊！」

而後山神命令奈月彥退下，當他遠離山神後，躲在岩石後方的市柳和千早跑了過來。

「殿下，您沒事吧？」

「沒事。」

奈月彥以外的八咫烏雖然也能進入神域，但山神一見到他們，心情就會特別差，因此陪同前來的護衛，都盡可能先躲起來。儘管山內眾為了無法在緊要關頭保護殿下而傷透腦筋，在神域無法使用刀劍的情況下，護駕也變得意義不大。

三人通過禁門，在回山內的路上，奈月彥不斷地思考巨猿適才提到，以前從未聽說過的「活供」一事。無論是關於妖怪、山內的過去，甚至是神域的事，都有太多未解之謎。

自從上次發現那本冊子後，眾人忙著檢查所有珍藏書籍的背面，卻仍舊沒有接獲任何新發現的消息。目前山內所有的資料已全數查遍，都沒有相關的紀錄。

既然如此，只能求助山外了。

「聯絡烏天狗，我想和大天狗聊一聊。」奈月彥環顧周圍，吩咐派人傳令。

中央山的南側有三道大門呈一直線。

〈中央門〉位在山的下方，門前有一座橋，連結位在深谷兩側的城下町和高岡地區。位在中央山上方的〈大門〉，則是供職宮中的貴族進入朝廷時的正門。而半山腰上位於中央門和大門之間的，就是〈朱雀門〉。

沿著城下町的大街經過中央門後，便分成左右兩條路。向右側前往，是繞山而上的緩和坡道，兩側是為貴族服務的大型商舖以及大貴族的宅院；沿左側而行，是修建完善的蜿蜒道路，在九彎十八拐之後，幾乎快到中央門正上方的位置，就是道路的終點，也是山內唯一的貿易據點朱雀門。

不同於中央門和大門，朱雀門是通往外界的門，由守禮省負責朱雀門的管理，山內和天狗的交易都在此進行。

奈月彥前往外界遊學時，便經常出入朱雀門，不過基本上八咫烏是無法任意進出。由於機會難得，雪哉跟著皇太子來到朱雀門，在保持警戒的同時，也忍不住好奇地左顧右盼。

朱雀門的外觀和大門很相似，氣氛卻天壤之別。

雖然都有寬敞的車場和必須仰視的門戶，朱雀門的車場上方有寬大的博風板*，博風板下排放了不計其數的大箱子。官吏與貌似商人的里烏正口沫橫飛地交涉，成交後，就把貨物放上貨車，或是將包裹交給馬。馬和車子進進出出，絡繹不絕，武裝士兵也持續巡邏。這裡比大門更加雜亂，卻更充滿了活力。

朱雀門是雙重門，兩道形狀完全相同的門之間，是寬敞的大廳。其中一道門通往外界，另一道門通往山的深處洞穴。

此刻，兩道門都敞開著。大廳內舖了金屬軌道，用牢固的貨車，也就是外界所說的礦車在搬運貨物，卸貨、驗貨以及交涉價格都在此進行。平時談生意的區域，被佈置得充滿外界風格，還放置了有植物雕刻的桌椅。

奈月彥約的人已經等在那裡。那人戴著紅色長鼻子的面具，一身人類的衣服，輕鬆翹起二郎腿的腳上穿著亮錚錚的皮鞋。

「抱歉，讓你久等了。」

「就是說啊！明明是你約我，我可是火速趕來呢！」

對方說的話看似抱怨，但語氣中含著滿不在乎的笑意。

「殿下？」雪哉聽到他們用外界的語言打招呼，露出無措的表情。

奈月彥立即反應過來，改口說御內詞。

「潤天，我來為你介紹，這位是雪哉。」

「喔喔！很高興認識你。」戴著面具的大天狗，用流利的御內詞招呼道：「我聽說過你的傳聞。」

「幸會。」雪哉也立刻回禮。

「無須多禮。」大天狗隨性地擺擺手，接著他刻意提高聲調，用周圍士兵也能聽到的音

＊注：博風板，又名封山板，是東亞地區歇山頂和懸山頂建築中的構件。屋頂兩端伸出山牆之外，為了防止室外環境破壞侵蝕，將木條固定在檁條頂端。

量說道：「你特地來此，冒然說這種話可能有些失禮，只是我被規定在此不能拿下面具，所以快喘不過氣了。若只有奈月彥一個人便無妨，我可以僅邀請你的主子到我家嗎？當然，我會保障他的安全。」

「大天狗大人，請隨意。」雪哉點頭表示同意。

「那就這麼決定，你暫時稍等在這裡。」

大天狗緩緩站起身後走向礦車，一個戴著黑色鳥嘴假面具，一身修行僧打扮的矮個子男人站在那裡，那是烏天狗。

他確認大天狗和奈月彥坐上礦車後立刻啟動，車身發出嘎答喀答的聲響滑動了起來，下一秒，便進入昏暗的通道，很快就看不見站在門前目送他們離去的雪哉身影。

礦車一滑入一彎道，身後的光源已完全消失，漸漸感覺到外界的空氣。

奈月彥隨著礦車搖晃，默默不語。

沒多久，道路前方突然出現一道牆，看似此路不通，實則並非如此。待礦車完全停駛後，大天狗下了車走到那道牆前，伸手輕戳壁面，倏忽牆壁開始緩緩向上移動，從下方打開了，而石門的後方是一個大倉庫。

「這裡應該就可以正常使用電子儀器了。」大天狗發著牢騷嘀咕道：「不知道有沒有辦法把電器產品進口到山內。」

「你還在癡人說夢，上次手機不就壞了？」正在操作礦車的烏天狗無奈地吐槽。

「是啊！線路板全都生了鏽。」

「那隻手機很貴吔！」烏天狗說得咬牙切齒，隨手扯下黑色鳥嘴的面具。「上一代大天狗已經嘗試過所有的電器，事實證明，在山內是完全無法使用的。拜託你，也該從失敗中汲取教訓了吧！」

拿下面具的烏天狗，是一個看起來爽朗的中年男人。

「我先去耳房了。奈月彥公子，你要回去時再呼喚我。」

「原叔，謝謝你。」

「不客氣、不客氣。」原露出親切的笑容，走出了倉庫。

「真受不了他，沒搞清楚誰才是老闆。」大天狗嘟嘟囔囔地抱怨著，也拿下了面具。

許久未見的大天狗，仍然無法從外貌看出他的年紀，長了雀斑的娃娃臉上，戴了一副新潮的圓框眼鏡，如果換上一身輕鬆的打扮走在街上，還會讓人誤以為他是大學生。

來到山外，久違的太陽光讓奈月彥忍不住瞇起了眼睛。陡然，他發現身旁男人的髮色，是與先前不同的棕色頭髮。

「你為了遮蓋白髮而染髮嗎？」奈月彥一臉好奇地問道。

「哈哈，你真愛說笑，再說一次看看，我就把你的頭髮漂白。」大天狗低聲威脅道。

奈月彥在外界遊學期間，大天狗就對奈月彥照顧有加。以他的真實年紀來看，有白髮相當正常，但他的言行舉止始終年輕有活力。聽說天狗也有很多種，而且大天狗似乎在天狗中也有一定的地位，不過即使過了這麼多年，他在某些方面還是很孩子氣。

和山內不同，初夏的陽光很刺眼，今天是晴朗的好天氣。

倉庫，也就是大天狗住家車庫，前面是一片湖水。人類稱這個湖泊為〈龍沼〉，水面閃耀著粼粼光芒。礦車軌道來的方向，也就是山內的方向，聳立著一座漂亮彎月形狀的山，俯瞰著湖泊。山內，應該就是在那座山的內部。

這座山名叫〈荒山〉，從外界看過去，是一座很小的山，聽說人類被禁止進入。站在目前的位置，可以清楚看到從山麓通往半山腰的階梯和鳥居。

之前遊學時，奈月彥曾悄悄爬上那座山，發現鳥居後方有一座已經崩塌的廟宇，和一個相當深的洞穴。洞穴的深處應該就是妖怪居住的神域，但奈月彥從不曾踏進過那裡。

湖畔旁有人類居住的村莊，名叫〈山內村〉。隔著湖泊和村莊遙遙相望的位置，有一棟小木屋，那裡就是八咫烏和天狗交易的據點。

車庫背對著荒山的山麓一角而建，乍看之下，只是普通的倉庫，當載著商品的貨車駛入車庫後，貨物就會裝上礦車，運入朱雀門。

朱雀門靠山內那一側，由八咫烏嚴密守衛；靠外界這一側，也有人駐守在車庫旁的耳房內，輪流護衛。在此擔任管理職責的，是那些看似個子矮小的烏天狗。

這次便是透過其中一名管理員原叔，協助安排與平時在全國各地奔走的大天狗相見。

大天狗一走進小木屋，就直接走到廚房。不知是否因為大天狗很注重居住環境，室內裝潢似乎下了一番工夫。

站在流理台前視線所及之處，放著最新型的電視；飯廳內擺著由原叔負責照顧的水族箱，色彩繽紛的熱帶魚悠閒地游來游去。

「找我有什麼事？你那裡發生了什麼狀況？」

由於奈月彥不知何時又會被召喚，現下已沒時間慢慢閒聊了。

大天狗用沸騰的開水沖泡茶葉後，轉身走到餐桌旁，奈月彥始終跟隨在他的身側，簡單扼要地說明這幾個月山內所發生的事。

大天狗坐在桌旁喝了口茶後，沉思片刻。

「所以他們以活供的名義，要求人類定期送上年輕女人嗎？」

「據說那個妖怪必須定期換體，因此需要人類女人孕育和養育。」

「用完之後就殺了她？這簡直太荒謬了。」大天狗一臉嫌惡地攏眉說道：「活供應該就是活人供品吧？雖然就是字面的意思，只是沒想到當今這個時代，竟然還有這種事。」

「你們那裡是否知道，神域以前曾經發生過什麼事？」

大天狗聽了奈月彥的問題，訝然地挑起一邊眉毛。

「我會試著重新查看過去的紀錄。不過在你這一代之前，八咫烏向來不對外透露內部的情況，我最多也只能確認交易帳簿，因此我認為應該查不出什麼具體的內容。」大天狗面露無奈地聳了聳肩。「抱歉，可能幫不上什麼忙。」

「無妨。」奈月彥難掩內心的失望，搖了搖頭。

「正因為我在外界，確實也知道一些事。」大天狗的語氣驟變。

奈月彥聞言，疑惑地抬起頭。

「奈月彥，給你一個忠告。」大天狗將手上的茶杯放在桌上，一改平時話癆模貌，神情嚴肅地說：「神域目前的體制無法持續太久，在不久的將來，就會以某種形式瓦解。」

「為何有此想法？」奈月彥目不轉睛地盯著大天狗。

「自稱山神的神不是開始吃人了？從吃人的那一刻開始，他就已經變成妖怪了。」

妖怪也難逃被推翻的命運。

「……你只關注山內的情況，當然不可能瞭解。」大天狗看到奈月彥一時無法理解他說的話，露出嘲諷的笑容。「我們這些非人異類，必須憑恃人類才能存在。」

據大天狗所言，雖然進入現代後，許多自己的同類都解體了，但異界和非人異類都必須藉由普通人類的承認及認同，才能夠繼續存在。

「到了你這一代，當我瞭解山內的內情後，忍不住大吃一驚，同時也感到疑惑。因為在現在這個時代，已經找不到如此純淨且太過完美的異界。」

這絕對是一百年前的鎖國，才有可能達到的境界。

「你們遺忘了人類和其他種族的存在，打造出一個幾乎只靠同胞就能自足的世界。由於這個緣故，山內才沒有滅亡，持續到今天。」

大天狗說話的同時，指尖彈著空茶杯解悶，室內也不斷響起輕脆的聲音。

「即使你們已經不記得，八咫烏和山內的淵源絕對和人類息息相關，否則你們維持烏形就好，不必變成人形。」大天狗一臉嚴肅地分析道：「我認為你們必須重新思考生存方式，以及如何與人類的相處。」大天狗說完，轉頭看向窗外。「就和我們一樣。」

奈月彥順著大天狗的視線望去，湖水在窗簾外閃耀著光芒。

「若只從這個角度來看，那個妖怪很聰明，藉由令人類心生恐懼，逐漸找回山神原本漸失的權威。既然他的存在建立在人類的基礎之上，就不能攻擊人類。」

大天狗說，人類就像是樹，而非人異類就像是吃樹木果實的老鼠。照理說，老鼠吃樹木果實就該感到滿足，結果卻把樹根柔軟的部分都吃光了。儘管可以暫時填飽肚子，一旦樹木枯死，就無法再結出果實，飢餓的老鼠只有死路一條。

奈月彥乍然想起仙人蓋。這是由巨猿帶入山內的人骨，對八咫烏來說，是有毒害的媚藥。八咫烏一旦服用了仙人骨，就會力大無比，感到自己無所不能，讓人沉溺其中，無法自拔。然而，可怕的後果就是，再也無法變回人形，最後全都送了命，無一例外。

借用天狗的話，也許就是因為那些八咫烏吃了成為自己存在的基礎，才無法繼續維持原來的形式。

窗外十分明亮，大天狗的嗓音卻顯得低啞深沉。

「非人異類吃人，可以短暫藉由畏懼獲得力量，卻也會註定之後的滅亡。」

成為妖怪獲得力量的同時，也註定會被推翻的命運。

「……會以何種方式滅亡呢？」奈月彥的背脊霎時竄出一陣寒意。

「我也不清楚，到時候才會知道。」大天狗垂下肩膀，籠統地總結道：「至於我想表達的是，我們之所以是我們，說到底，就是『自覺』而已。」

大天狗停頓了一下，站了起來把手放在熱帶魚游來游去的水族箱上。

「你們現在就和這些魚一樣，無論在水族箱內再怎麼自我鍛鍊，當我想對牠們做些什麼，甚至不需要直接碰觸牠們，只要不小心忘記餵飼料，或是將水族箱稍微傾斜讓水潑灑出來，牠們就完蛋了。」大天狗嚴肅地凝視著奈月彥，尖銳地說：「即便你們再怎麼努力武裝，養精蓄銳，照此下去，八咫烏遲早會失去力量，山內也會被人界吞噬。」

奈月彥啞然無言，眼前熱茶早已冷掉了，他一口都沒喝。

「奈月彥，我猜想是人類創造了山內，山內應該是超出我們這些非人異類能力所及的範疇逐漸形成的，然後走向解體。」大天狗低喟了一聲，繼續說道：「八咫烏必須趁還沒有迷失自我之際，採用與猿猴不同的方式，思考自己的新形態。擁有非科學的力量，都有一個共通點，那就是一旦遺忘自己的名字和本來面目，就真的會全盤失去。真正可怕的並非肉眼可見的暴力，而是遺忘，甚至沒有意識到那是一種威脅。要找回遺失的記憶相當困難，我們之所以能夠成為我們，不是因為具有驚人的能力，只是擁有自覺。」

神域即將解體，到時沒人知道山內會變成什麼樣？甚至是八咫烏會變成什麼樣？

「自覺，是最後的堡壘。請千萬不要忘記自己是誰。」

「……怎麼可能忘記？」奈月彥垂首斂眉，不自覺絞緊手中的杯子。

更何況自己根本不想忘記。一百年前到底發生了什麼事？和山神、猿猴是什麼樣的關係？自己究竟是誰？

「問題在於，已經失去的記憶。」

「茂丸，時間到了。」

聽到輕聲呼喚，茂丸猛然睜開了眼睛，在蒼茫的暮色中，與探頭看他的明留四目相對。

「早啊！」

「嗯，早。」

茂丸與澄尾一同回到〈招陽宮〉小憩片刻後，也差不多是換班的時間。

茂丸伸了個懶腰站了起來，一旁的澄尾已開始做出門的準備。原本看守禁門的千早不知何時已回來這裡，躺在澄尾後方。

皇太子一如往常，時不時被召喚去神域，市柳等人輪流陪同前往。

自從上次妖怪提出由皇太子照顧活供的要求，至今已有過了半年，狀況陷入膠著。

每次妖怪大發雷霆，山內就好像在呼應祂的憤怒般地天搖地動，山內的八咫烏都膽戰心驚。中央的破洞也越來越大，山邊神秘火出現的頻率比以前更高。

山內已經陷入危機，與猿猴對戰並無太大的問題。問題在於，八咫烏根本不是妖怪的對手。每天的地震也讓他們疲憊不堪，山內沒有任何安全的地方。

聽到遠處的雷聲，茂丸抬頭看向窗外陰沉的天空。

「是否能再次封印禁門呢？」

「皇太子嘗試過，似乎不可能。」正在梳綁頭髮的澄尾搖著頭回答。

巨猿在妖怪的命令之下，打開的那道門原本是木門，豈料當眾人回過神時，已變成了石門，簡直就像是用岩石鑿出門扉的形狀，失去原本可以移動的構造。

當八咫烏發現這件事後紛紛大驚失色，想要努力設法關上那道門。只是無論怎麼推、怎麼拉，那道門依舊紋風不動。事後才聽說，妖怪覺得八咫烏之前有逃離的前例，心生警戒，因此讓禁門無法再關閉。

神域正著手進行各項準備，迎接即將被送來的人類女人。雖然巨猿嘗試清理之前產下妖怪的女人所住的房間，似乎也是產房，但當時留下的屍骸，將地上沾滿了黑色的血跡，根本無法繼續使用。

山內眾利用妖怪召喚奈月彥期間，慢慢探索神域內部，在禁門附近找到能利用的區域，他們暗中打造成可用來監視人類女人的空間。

神域內幾乎都是複雜交錯的洞穴，妖怪和巨猿，以及巨猿手下的猿猴都住在裡面。

雪哉主張製作神域地圖，才能明確瞭解洞穴規模，以及巨猿到底有多少手下。

不知道是幸還是不幸，在山神的力量牽制下，神域內禁止私鬥。當山內眾在神域內勘查時，經常會遇到猿猴，而發自內心憎恨八咫烏的猿猴，也只是怒視著他們，似乎無意攻擊。

經過一段時間的探查，雪哉一行人終於大致掌握了神域的情況。

首先，穿越洞穴後，位在山頂部分的空間曝露在戶外，那裡有被樹木包圍的清泉、巨石，以及由泉水形成的水池。隆起的岩壁包圍了山頂附近，妖怪與猿猴就住在那裡。洞穴內有許多看起來像是房間的地方，大致可以分為妖怪起居的空間、禁門附近和猿猴出入的區域。

據皇太子所言，從外界可以看到進入神域的入口，只不過目前仍然不清楚神域的哪一條路是通往山外。

山內眾就這樣，在猿猴的眼皮底下，慢慢地、緩緩地將地圖繪製得更加詳細。

然而，目前仍舊沒有任何能夠從根本改變現狀的方式。

「在那個妖怪之前的山神，到底是怎樣的神明？」茂丸躺在地上低喃道。

他已經做好出門的準備，正等待皇太子等人從神域回來，換班擔任護衛。

「為何突然問這種問題？」

「雖說沒有相關紀錄，但在勁草院時，不是曾經要我們背誦文獻嗎？那時我就對一件事感到好奇。」

「什麼事？你說來聽聽。」明留也好奇地歪著頭問。

「在《大山大綱》中不是提到，八咫烏為山神大人帶路，而來到山內嗎？」

「是啊！」

「但《轉喙集》是這麼寫的……」

山神降臨此地之際，山峰湧出清泉，樹上即刻百花齊放，稻穗結實飽滿地垂了下來。

山神巡視豐饒的山內後，令金烏整頓此地。

金烏將此地一分爲四，分別賜予四子。

長子得到百花盛開的東之地。

次子獲得果實纍纍的南之地。

三子獲得稻穗飽滿的西之地。

四子獲得泉湧豐沛的北之地。

四個孩子向金烏承諾，世世代代，子子孫孫都將好好守護獲賜之地。

這就是四家四領之初，亦是金烏落腳於宗家的起源——

「既然說是『降臨』，就表示是從其他地方來到這裡的傢伙，看到山神降臨說的話。」

「是啊！」

「可是在《大山大綱》中又變成：八咫烏為山神帶路，降臨這片土地。」

「……你到底想表達什麼？」明留一頭霧水地狐疑道。

「總覺得，角度改變了。」茂丸抓著頭回答。

「角度？」

「你聽聽我老家那裡的歌，就會更清楚了。歌詞是這樣……」茂丸清了清嗓子。

——很久很久以前，這裡土壤貧瘠，只能吃乾巴巴的樹木果實和蚯蚓。山神大人駕到！咦咦咦，樹上結了飽滿的果實，湧出了泉水，原本雜草叢生的土地，轉眼之間長出了稻子。金色的稻穗、金色的稻穗，好開心！

「哇！我第一次聽到。」明留瞠圓了大眼。

「聽你這麼說，我老家那裡的歌也是如此。」靜靜聽著他們對話的澄尾也插嘴道。

「喂，千早，還沒睡著吧？你老家呢？結妹妹不是經常唱嗎？」茂丸戳著他逼問。

千早的胞妹是歌女，原本是南領人，從小就愛唱歌。

「大致差不多啦！」千早發出了呻吟，冷淡地回應，似乎希望其他人不要吵他。

千早始終背對著他們，卻默默地聆聽大家的對話。

「我就知道。」茂丸點了點頭。「這就代表有人和山神一起來到山內，那時還有人在貧瘠的土地上辛苦過日子，當看到山神來了，覺得終於得救了！」

「茂丸，你發現了一件有趣的事。」澄尾語帶佩服地說：「從這個角度來看，鄉長家的起源，就像你說的那樣。四家是和山神一起來的那些人的子孫，而鄉長家是原本就住在這裡的土豪子孫，由於四家力不能及，便把支配權交給了鄉長。」

「應該是吧！」茂丸再度拉回主題說：「無論在中央還是地方，從來沒有聽人說過山神的壞話。因此我就在想，以前應該是一個好神明。為何現在會變成這樣呢？」

所有人都陷入了沉默。若雪哉等人的推理正確的話，妖怪在一百年前取代了山神，也就是說，八咫烏目前正在侍奉自己神明的仇敵。

「……無論如何，都必須殺了那個妖怪。」澄尾喃喃說道。
「殺了那個妖怪，就能夠解決問題嗎？」明留顯得十分不安。
「若推論正確，奈月彥會成為下一任山神。」澄尾回答的同時，也像是在說服自己。
「不過，猿猴不會同意的。」
「到時就只能全面開戰了。」澄尾的語氣相當堅定。
驀地，眾人耳邊傳來倒抽一口氣的聲音，轉頭一看，發現真赭薄正站在門口。
「皇太子殿下差不多快回來了，我來送這些……」
她抱在胸前的包裹內，應該裝了殿下換洗衣物。
「姊姊，妳怎麼會特地送來？」明留看到姊姊慌亂的樣子，急忙跑過去。
「……因為這是我目前在紫苑寺唯一能做的事。」真赭薄表情複雜地咬緊唇瓣。
「什麼意思？」明留不解地反問
「抱歉，方才聽到你們的談話。」真赭薄並沒有回應胞弟，她環顧室內，向眾人問道：
「有一件事我很想知道，難道沒有避免打仗的方法嗎？」
「姊姊……」

「在努力打贏之前，不是應該努力避免戰爭發生嗎？」

現場的氣氛頓時變得很掃興，明留無言以對，茂丸也不知所措地抓了抓頭。

正當明留思考該如何回應時，沒想到躺在一旁的千早開了口。

「既然猿猴攻擊了我們，當然必須迎戰。」

「是否搞錯了優先順序？」

「難道要和那種傢伙談判嗎？」

「為了對方曾經傷害我們而記仇，反而造成更多人的犧牲？我實在無法理解，也不希望再看到任何一個同胞受到傷害。難道我這樣的想法不對嗎？」

千早一臉不耐煩地噤了聲。

「難道無法靠談判解決問題嗎？」真赭薄心急如焚地環顧在場的男人。

這就是從小被人捧在手心長大的公主想法，雖然認知正確，卻也不切實際。

「姊姊，只有做好上戰場心理準備的人，才有資格說這句話。」明留語氣溫和地安撫道：「妳和我皆非武人，而是受到保護的一方，無論我們說什麼，都只是紙上談兵。」

「既然這樣，那就讓我去一趟。」真赭薄顯得十分氣悶。

「姊姊……」

「一旦正式開戰，我確實很無力，但或許能在避免戰爭的戰鬥中盡一點心力。」

這根本只是在回嘴，況且她也不明白與猿猴開戰這件事的前因後果，僅是基於不想打仗的感情而說這出些話。想要以理說服，反而造成反效果。

就在所有人不知如何是好，倏然揚起一道熟悉的溫潤嗓音。

「真赭薄，別說了。」

「殿下。」

皇太子從真赭薄後方悄悄地現身，他應該是不想吵醒正在休息的人。

帶著市柳等人回來的皇太子，對於剛才的討論不知聽進了多少，只見他露出面對刁難對象的眼神看著真赭薄。

「即便妳去了神域，也只是送死。若是真的認為自己有能力做到，吾會改變對妳的評價。明知道去了也是白白送命，當下不可能放任妳冒然行動。妳冷靜一點！」

「我的確不太冷靜。」真赭薄依然不肯罷休，振振有詞地說：「但我已經做好付出性命代價的心理準備，只要能夠避免開戰，我願意做任何事。是否有我能協助的事？」

看這發展，似乎不太妙。茂丸心中暗忖。

「公主大人，請等一下。」始終不發一語的澄尾刻意用力歎了口氣，暗諷道：「您身處安全之地卻挑剔著我們所做的事，簡直令人聽不下去。在您說這種無聊話之前，請先向挺身而戰的人道謝才對吧！」

真赭薄倏地杏眼大睜，從來不曾有人如此揶揄她的稱謂，一張俏臉不由得漲得通紅。

「哪，哪有挑剔！我沒有這個意思。」真赭薄反駁得結結巴巴。

「別再說廢話了，這裡沒女人的事！」澄尾顯得咄咄逼人。

澄尾從未如此這般冷漠無禮，真赭薄頓時臉色鐵青，張口結舌說不出話。半晌後，她勉強欠了欠身，低垂粉頸快步離去，沒有任何人叫住她。

「抱歉。」皇太子說得言簡意賅。

「沒事。」澄尾輕揮著手。

「真是抱歉，讓你當了壞人。照理說，應該由我來說。」明留難過地低下頭。

「別放在心上，該換班了。」澄尾說完，俐落地開始行動。

千早銳利的目光隨著澄尾移動，當澄尾拿大刀經過時，方才一言不發的千早開了口。

「這樣真的好嗎？」

「若不這麼說，就無法阻止她。反正她本來就討厭我，沒什麼好怕的。」澄尾露出淡淡的苦笑。「最重要的是，必須讓她遠離這裡。」

「但是你……」千早話說一半，不經意地瞥見澄尾的臉，默默將話吞回肚裡。

夜風中飄起了雨，那是冬日的雨。

真赭薄騎在馬上縮成一團，她快凍壞了，繞行中央山一大圈後才回到〈紫苑寺〉。

「您這是怎麼了？」菊野一臉訝異地問道。

菊野之前負責指導真赭薄，同時也一手包辦櫻花宮內所有庶務工作。

大地震發生之後，〈紫苑寺〉便作為救護所使用，女官也在藥師的指導下幫忙。只是當面對傷重者，真赭薄心中充滿了無能為力的挫敗感。

太平盛世時期，真赭薄負責指揮女官，吩咐女官準備衣物，還能在儀式典禮輔佐櫻君濱木綿，接連下達指示。然而，當重大事件發生時，真赭薄這才發現，以前的一切都只是自己的幻想。

濱木綿面對突如其來的危機，鎮定自若，甚至提出開放〈紫苑寺〉的建議，具體事宜則交由菊野安排籌備。

原來之前其他人向她請示，都只是顧及自己身為貴族的面子。

「有這兩種顏色的衣裳，請問哪一種較適當？」當別人如此請求給予指示時，伸手一指說：「這件比較好。」這種事任何人都可以做到。因為實際找布料、準備選項的並不是自己，所有的事都是如此。

在需要迅速做出判斷，並準確下達指令時，自己完全無法發揮任何作用。

每次想要幫忙，菊野就臉色大變地要求真赭薄陪在櫻君身旁。真赭薄實在很不甘心，同時也感受到內心的焦急，正因為如此，才會在山內眾那裡踰越了分際。

真赭薄陷入了自我厭惡，很想大哭一場。

就算這樣，那傢伙何必把話說得那麼難聽！

「真赭薄公主。」菊野一邊協助真赭薄更衣，一邊露出發自內心的笑容，溫聲道：「在這個危急時刻，就交給男人去處理吧！現下無論說什麼，都只會妨礙他們。」

「我當然也知道自己說了蠢話，只是我還是無法不說……」

討厭打仗、不希望看到任何人受傷，自己願意為此做任何事。真赭薄是發自內心這麼想，即使清楚知道自己是心有餘而力不足。

「以為自己離家後，能靠自己的能力，以及自己的雙腳立足在這裡。豈料，終究還是個傲慢無知的大貴族千金。」

菊野聽她說完這番話，沉默了片刻。

「深閨的公主又有什麼問題？」菊野平靜地軟聲道：「但您若繼續這樣下去，就真的只是任性而已了。」

「……妳的意思是，」真赭薄嬌哼了一聲，心有怨氣地抬頭看著菊野，「我之前的任性，根本連任性也稱不上嗎？」

「是啊！而且您也因此成功了。」

「什麼意思？」

「啊！櫻君已經回來了。對了，櫻君有話要對您說。」

真赭薄跟隨菊野來到〈紫苑寺〉本殿深處，濱木綿的寢房。一如往常，房內的物品果然少得驚人。

濱木綿先前住在更大的房間，後來讓給需要治療的人，搬到這間僅鋪上榻榻米的小房間。小房間內當然放不下臥榻，因此濱木綿與其他女官一樣，每天都把平民使用的被褥搬上搬下。儘管有些女官無法忍受這樣生活選擇離開，真赭薄卻堅守在此。

「妳來了。」豎起單腿坐在小書案前的濱木綿，爽朗地向她打招呼。

為了節約，濱木綿並沒有使用鬼火燈籠，而是在書案上僅放置一個小燈台。昏暗的室內，橘色燈光照亮下的濱木綿，宛如人偶般冷靜嚴厲，有一種離世脫俗的感覺。

「坐下吧！」

真赭薄在濱木綿的示意下，坐在圓墊上，而菊野也跟著跪坐在真赭薄的斜後方。

濱木綿偶而會去巡視周圍的救護所，基本上都待在〈紫苑寺〉，不過真赭薄知道她今天有事出門。**到底是去了哪裡？**

「我去了一趟西家，去和西大臣見了面。」濱木綿輕點螓首地說道。

「去見我父親……？」真赭薄聽了她的回答，更加困惑。

「沒錯！妳父母真的都很愛護妳。」濱木綿露出淡淡的笑容，溫聲道：「他們說，不知中央未來的局勢會如何變化？不論是在宮中供職，或是西家今後的處境，這一切都不重要，他們只希望女兒能回到西領。」

父親之前確實多次勸她回到西家，只是真赭薄意氣用事，始終不理會父親的勸說。

難道現在終於要被帶回去了嗎？真赭薄不禁渾身繃緊了起來。

「目前這種狀況，我花了很多時間說服他們，直到今天他們終於點頭了，所以妳要做好心理準備。」濱木綿淡淡地說完，倏地話鋒一轉，語氣嚴肅了起來。「真赭薄，這是命令，妳必須還俗，並成為皇太子殿下的側室。」

窗外閃過一道白光，室內乍然亮了起來，緊接著從山上傳來了雷鳴聲。

真赭薄一時之間無法理解濱木綿所下達的命令。

「……您在說什麼？」她頓口無言了好半晌，嗓音低啞地反問。

「妳也十分明白，我無法生育，殿下必須迎娶側室。」濱木綿嘴角扯出一抹苦笑。

真赭薄當然明白在政治上，傳宗接代是很重要的手段，但她並非因為這件事受到打擊。

皇太子和濱木綿之間就像死黨般親密無間，有時會像小狗一樣嬉鬧歡笑。**平時看起來不**

像夫妻的兩人，會生下怎樣的孩子呢？她感到提心吊膽的同時，也一直十分期待。

就連真赭薄都是如此，她完全能夠想像當濱木綿得知自己無法生育孩子時的惆悵。沒想到當濱木綿在得知此事之後，並無太多愁苦。

這件事一直令真赭薄莫名的感到畏懼。

「真赭薄，妳要代替我生下奈月彥的孩子。」

看著濱木綿無憂無慮的笑容，真赭薄卻只能茫然無語。

隨著初夏來臨，終於到了這一天。

猿猴抬著轎子，從山下的村莊帶來一名人類少女。少女聽從巨猿的指示，在清泉淨了身後，被帶到妖怪面前。

嚇得魂不附體的活供，真的只是雌性的人類。

明留有生以來，第一次看到純正的人類。那名少女看起來與八咫烏沒什麼兩樣，明留不禁感到有些失望。少女並沒有特別漂亮，整天膽戰心驚地流著淚，真的只是一個小女孩。

由於少女說的是人類的語言，明留無法聽懂她想表達什麼？不過，從她的表情可以猜到，她日夜悲嘆，為降臨在自己身上的災難唉聲歎氣，哀求皇太子能放她回去。

巨猿說，由於與人類之間的約定，因此人類會定期送上活供。

少女看起來完全不像是自己自願來到神域，不難想像在不久之後，她就會走上與一年前的活供相同的結局。

反正無論如何都不能讓她逃走或是自殺，皇太子指示一定要派人看守，因此隨時會有一人守在之前經過整理、為活供提供最低生活條件的岩石屋前，時時刻刻監視著。

「人類和人形八咫烏，沒什麼不一樣吔！」第一次負責看守的茂丸滿臉困惑。

明留發現，除了茂丸，就連千早也很關心整天都在哭泣的活供。

活供被送到神域的隔天，明留發現千早深夜還在〈招陽宮〉的膳房內忙碌。

「這麼晚了，你在做什麼？」明留忍不住出聲詢問。

千早察覺到動靜，知道是明留，並沒有抬頭看他。

明留困惑地走向前去，看見千早正在做醃梅飯糰。

如果活供死了，會很傷腦筋，所以為她提供適度的膳食，但活供完全不吃。千早認為活供或許不喜歡吃白米，於是想在飯糰中加入醃梅看看。

「她並不是對口味不滿意……」明留的心情十分複雜。

明留向皇太子確認後，得知外界也有飯糰，少女顯然是因為其他原因不吃不喝。

「我想也是。」千早依舊沒有停下手。

茂丸和千早都有胞妹，也許是瞧見少女的模樣，讓他們心生憐憫。

「她雖然很可憐，但對我們來說，八咫烏更重要。」明留長吁了口氣，輕聲道：「我們不能再被動了，別太過同情活供。」

千早聽了明留的叮嚀，似乎想到什麼。

「是雪哉說的嗎？」千早嘲諷地反問。

「……你怎麼知道？」明留無法辯解。

千早和茂丸有胞妹，明留也有胞姊，看見到活供整天以淚洗面，不禁動了惻隱之心，當然也隱隱牽動著內心的柔軟。

當雪哉看到明留從神域回來後，一臉悶悶不樂，便硬聲地向他提出忠告：「千萬不要因為一時的哀憐同情，導致無法做出冷靜的判斷。」

「他說的話很中肯，我們必須守護的並非人類，而是八咫烏。」明留像是在說服自己。

千早轉過身，目不轉睛地注視著他。明留抬頭看著面無表情的朋友，默默不語，他認識千早多年，沒有表情的臉上有些微的變化，簡直勝於雄辯。

「你不用露出這種表情……當然，不需要我提醒，你應該也知道。」

「雪哉之所以會說這種話……」一向寡言的千早冷哼說道：「是因為他也忍不住心生同情，哪有資格說別人。」

「他應該更擔心我們的鬆懈會影響殿下的安全。」明留無法完全認同千早的看法。

「兩者皆有。除此以外，也因為擔心你們。」茂丸從膳房門口探頭張望，語氣輕快地說：「換班的時間到了。」

明留和千早不由得互看了一眼。

「等一下、等一下，你說他擔心我們嗎？」

「是啊！因為他也對我說了同樣的話，所以我們小聊了一下。」茂丸爽朗地承認。

茂丸從神域回來後，雪哉招他來到〈招陽宮〉後方。

「千萬別對活供動了憐憫之情。」

茂丸聽到雪哉語帶斥責的忠告，心中急遽湧起一股不滿。

「你為何對那女孩如此冷淡？小心引起其他人的誤會。」茂丸的語氣滿是責備。

「哪有什麼好誤會的？無論活供怎麼樣，都不關我的事。」雪哉不滿地反駁。

「我說你啊……」

「我不希望你因為同情，而發生什麼不測。相較之下，不熟識的女人根本不重要。」

*這傢伙並非無動於衷，卻故意表現出冷酷的態度。*茂丸感到無奈，即便把這句話說出口，雪哉也不會承認，只好故意用力搓揉他的頭。

「你幹麼啦！我稍後還得去勁草院上課。」雪哉發出慘叫聲，後退了好幾步。

雪哉一頭凌亂的頭髮，一臉驚慌失措的表情，和茂丸剛認識他時一模一樣。

「你說話這麼強詞奪理，小心以後真的會沒朋友！」

「等一下，茂哥，你說這種話，會讓我笑不出來。」雪哉一臉不悅，但瞧見茂丸嚴肅的表情，終於不再逞強。「……那個女孩的確很可憐，但活供和朋友根本無法相提並論。」

雪哉說，與朋友相比，對活供的憐憫根本不值得一提，而且若因為這樣一念之差，導致在關鍵時刻判斷錯誤，那這種憐憫不要也罷。

「即使同情她，我們也無法幫助她。餵食無意收養的流浪狗，只會把灶房弄得一團亂。這種一時的同情，只是自我滿足。」

「我充分瞭解你的想法了，也確實有道理。」茂丸雙手扠腰，低下了頭，故意大聲歎氣說道：「即使不談活供的事，對其他人來說，這種自我滿足有時也十分重要。」

「喔！你的意思是說，」雪哉露出恍然大悟的表情，「這會讓人對我留下負面印象？」

「我是指，會讓人不容易看到你的優點啦！」茂丸說著，用指尖彈了雪哉的額頭。「總之，不要再繼續刻意讓自己看起來像是冷血動物了。」

「既然你這麼說，那我以後會多注意。」雪哉痛得摸著額頭嘟囔道。

「總之，事情就是這樣。那傢伙很愛操心，你們就多擔待點。」茂丸說完，兩手一攤。

「你是他媽媽？」千早一臉無奈地調侃道。

「是朋友啦！和你們一樣。」茂丸輕笑說完，轉身走向歇息房。「我要去休憩了，希望那女孩願意吃這個飯糰。」

活供最後還是沒有吃千早做的飯糰。

誰都沒有預料到，這個幾乎不吃不喝的柔弱女孩竟然有心反抗。

活供來到神域的第十一天。

明留正在神域的一隅，和皇太子一起製作地圖。

「殿下，出事了！」

看著負責看守活供的山內眾跑過來的身影，便知道有事發生了。

「女人不見了。」

此時，雪哉正與千早一起在〈招陽宮〉內小憩。

正當他快熟睡時，聽見與皇太子一起去神域的明留的驚呼聲，一下子睡意全無。

「出事了！現在馬上去神域。」

「出什麼事了？」

「活供逃走了。」

「你說什麼？」雪哉聞言跳起來，忍不住咂了嘴。

看守到底在幹什麼？

「我已經請原本守衛禁門的人先前往神域，現在要去勁草院，請所有人前去支援。」

「好，我們現在就去神域。」

臉色蒼白的明留聽了雪哉的回答，點了點頭。

「路上小心。」

雪哉和千早隨即變成鳥形，急忙趕去禁門。

目前由誰擔任皇太子的護衛？活供的看守是今年剛從勁草院畢業的學弟，守衛禁門的是……。想到這裡，雪哉的心用力跳了一下。今晚是茂丸。他有不祥的預感。

通過〈招陽宮〉的橋，走進空蕩蕩的朝廷，在跑向禁門的途中，眼前驟然一片白。

「啊！」就在雪哉驚叫的瞬間，接著聽到一聲巨響。

這個通道明明被岩壁包圍，周圍卻明亮得像白晝一般。巨響震耳欲聾，不斷鑽進腦袋，簡直就像被落雷打到，腳下的地面也跟著劇烈搖晃起來。

雪哉忍不住跪在地上，幾秒之後，視野才逐漸恢復正常。

這是自去年的天搖地動之後，最大規模的地震。

神域發生了什麼狀況？

「趕快！」恢復視力的雪哉跳了起來，對著千早大喊。

「好。」

當他們跑到石壘前時，只見留在那裡看守的士兵和神官滿臉驚慌失措，東跑西竄。

「發生什麼事了？殿下呢？」

「不知道。」

「殿下也還……」其中一名士兵的話才說到一半，從石壘縫隙向禁門方向張望的神官，猛然驚叫出聲。「殿下回來了！」

「殿下！」雪哉急忙衝出石壘。

看著皇太子從禁門走回來的身影，眾人驚愕得瞠目結舌。

皇太子身上背著一個人，搖搖晃晃地走了過來。那人全身冒著煙，當皇太子一踏進山內，立刻聞到令人反胃的惡臭。

那名傷員的狀態慘不忍睹，雪哉驚愕地說不出話。全身嚴重灼傷，燒焦的手腳露出深紅色的血肉，若沒有察覺到傷員的身材比其他人稍微矮小，一定認不出那個人就是澄尾。

皇太子把澄尾交給跑過來的手下，雙腿一軟，癱坐在地上。

「殿下！」

「我沒事！還有其他人留在裡面。」

雪哉重重地倒抽了一口氣。

「快去！」皇太子喘著粗氣，費力地擠出啞聲命令道。

雪哉一領命，立刻衝進神域。

神域內瀰漫著剛才嗅聞到的濃烈惡臭，雪哉幾乎沒有來過神域，不過腦海裡牢記著同袍製作的地圖，他記得活供被關在禁門附近。

「有人嗎？聽到請回答。」他大聲叫喊，卻沒有聽到任何回應。

雪哉邊跑邊俐落地點亮鬼火燈籠，四周煙霧瀰漫，完全看不清楚。他不知道哪裡有人，但耳邊持續聽見巨猿發出的狂笑聲。

這種氣味到底是怎麼回事？為何無人回答？雪哉感到冷汗瘋狂的滲出。

「茂哥，你在哪裡？」他邊跑邊叫喚著。

陡然，雪哉被什麼東西絆到，差一點跌倒，他猛一回頭，只見地上一具焦屍，高大的身體縮成了一團。

「不——這不是真的！」雪哉驚恐地一把抱住屍體。「茂哥！」

屍體的腰上掛著已經熔化一半的大刀殘骸，顯示他以前是山內眾。飾珠滾落在地上，那是成為山內眾時，一個一個手工雕刻出來的裝飾品，這個世界上不會有完全相同的飾珠。

雪哉此刻看到比自己的那一顆更熟悉的飾珠。

「不，不要，我不要！為什麼、為什麼！」

前一刻還是自己的好友，如今已變成焦炭。雪哉想要握住他縮在胸前的手，沒想到才剛碰觸到就碎裂了。

「啊啊啊啊啊啊啊！」雪哉近乎崩潰，情緒在失控的邊緣。「茂丸，這是命令。笨蛋，趕快呼吸！趕快喊救命，說你很痛！快！」

茂丸當然不可能回答。

「快說！」

即使雪哉扯破嗓子大吼，也無法讓茂丸起死回生。

「雪哉，別這樣，他已經死了。」

「這不是真的！這不是真的！」

有人抓住了雪哉的肩膀，雪哉用力甩開箝制他的手。

「這不是真的……！」

當千早追上去時，雪哉已經亂了方寸。

到處都是八咫烏焦黑的屍體，只見雪哉失魂落魄地抱著其中最高大的焦屍，跪坐在地上，他眼神渙散，一次又一次地絕望大吼。他想要觸碰茂丸的身體，但只要輕碰一下，屍體就會碎裂，他顫抖不已的雙手無助地懸在那裡。

巨猿的笑聲漸漸遠去，卻仍然不能大意，必須趕快離開這裡。

然而，即便抓住雪哉的肩膀想勸他，他還是發瘋似地一直吼著茂丸的名字，千早簡直不知該如何是好。

這時，身後傳來錯愕的喝斥聲。

「這傢伙！」

剛趕到的山內眾邁開毅然的腳步走向雪哉，猛然賞了他一巴掌。

「混蛋！」漲紅臉的市柳，對著雪哉斥責道：「到底在發什麼瘋？你是這裡的指揮官，趕快對我們下達指示！」

「難道你打算讓他們留在這裡嗎？」市柳一手抓著雪哉的衣襟，另一手指著那些焦黑的同袍，大聲地質問茫然癱坐在地上的雪哉，接著怒吼：「趕快下達指示！」

雪哉臉色鐵青，牙齒打顫，過了好半晌，當他開口說話時，聲音已恢復了冷靜。

「……先帶傷兵撤退，封鎖禁門。在殿下指令前，任何人都不得靠近這裡。」

「是！」

市柳向接連趕到的學弟下達命令，把眾多遺體搬到禁門外。

千早和雪哉一同搬運茂丸的遺體，他身材高大，搬運起來十分吃力，已經炭化的碎片也沿途掉落。

「王八蛋、王八蛋、王八蛋……」雪哉幾乎面無表情，嘴裡卻不停地呢喃。

我絕對不會原諒那些傢伙。

明留從勁草院趕回來，看見〈招陽宮〉的前廳有一排白布。

明留發現白布下方隆起人體的形狀，而且一動也不動，便明白發生了最不樂見的狀況。他慌忙繼續尋找，聽到其他房間傳來軍醫的吼叫聲。

澄尾和皇太子正在接受治療，不過澄尾全身嚴重燒傷，在完成簡單的清理後，就用飛車送去了〈紫苑寺〉。

事件發生的當下，只有皇太子在場，也是現下唯一有辦法開口說話的人，眾人從他口中瞭解到底發生了什麼事。

山神得知八咫烏讓活供逃走後，暴跳如雷，將怒氣變成落雷攻擊八咫烏，而澄尾為了保護皇太子受了重傷。

「巨猿對妖怪挑撥離間，說是我們故意讓活供逃走，根本來不及辯解。」

皇太子看起來並沒有受重傷，但隨著時間慢慢過去，身體狀況也越來越不對勁。他的右手臂至後背，是一片與澄尾相同的燒傷痕跡。起初以為只要簡單治療就可以改善，沒想到隨著時間推移，傷口持續惡化，燒傷面積也越來越大，而且程度日益加重。

澄尾也一樣，即使擦了藥，用冷水沖洗，傷口依舊冒出熱氣。

「怎麼會這樣？」軍醫張皇失措。

「這不是普通的灼傷。」皇太子冷靜地解釋道：「這是山神的詛咒，普通的治療無法發揮作用。」

「什麼？」軍醫一時說不出話，既然是詛咒造成的傷，根本完全束手無策。若治療沒有任何效果，不要說澄尾，就連皇太子也有生命危險。

「怎樣才能解除詛咒？」明留心急如焚。

「這就不得而知了。」皇太子疲憊地垂首回應。

就在這瞬間，在場的所有人都冒出同一個念頭——消滅詛咒的根源，誅殺山神。

明留用力嚥了嚥口水。

「殿下，您有辦法拿刀嗎？」方才默默看著軍醫治療的雪哉，陡然開口問道。

這個問題聽起來相當不合時宜

「這個時候，怎麼問這種問題？」其中一名軍醫臉色大變地呵斥。

「正因為是這個時候，才更要問！」雪哉環顧所有人，厲聲反駁道：「若殿下駕崩了，我們真的會遭到毀滅！」

只有皇太子能夠在神域用刀，詛咒卻持續侵蝕著皇太子的身體。

「必須在傷口持續惡化到殿下無法拿刀之前，盡快解決這件事。」

雪哉露出銳利的眼神，所有人都啞然無言。

「……只要把刀綁在右手上，應該沒問題。」

「殿下。」明留愕然地叫出聲。

事到如今，已經無法阻止了。

「那就動手吧！眼下也沒有其他方法了。」雪哉說完，現場的氣氛明顯不同。「所有人都分頭準備。」

雪哉確認山內眾聽到命令各自離開後，猛地跪在皇太子的面前。

「殿下，請讓我陪同您前往。」

「不行，你要負責看顧山內。」皇太子斷然拒絕。

「這次若失敗，八咫烏遲早會滅亡。」雪哉扯著嘴角，冷笑道：「如今已經少了六名山內眾，本就該由我陪同您。」

「雪哉！」

「即使去地獄，也有我與您同行。」

皇太子聽到這句話，眉心微蹙。

雪哉看似冷靜，但好友遭到殺害，情緒相當不穩定。

明留正打算開口勸阻雪哉時，羽林天軍所屬的士兵衝進了救護室。

「殿下，朱雀門收到天狗的緊急聯絡！」

「混蛋，現在根本不是……」明留不悅地皺起俊眉。

「天狗傳話說：『**活供的女孩在我這裡。**』」

第三章　治癒

真赭薄看著送進〈紫苑寺〉的傷員，一時之間沒有認出那個人是誰。傷員全身灼傷得面目全非，皮膚已經焦黑，黑髮也幾乎都燒光，根本無法從臉判別。

大地震發生至今，真赭薄一直都待在〈紫苑寺〉協助救治傷患。即使自己努力協助治療，有些人最後還是無法治癒，也埋葬了不計其數慘不忍睹的屍體。

有人試圖逃走，結果才變身到一半，頭部就被瓦礫壓爛了；也曾經看到老人不停地摸肚子，結果是拼命想把掉出來的內臟塞回體內；還有少年明明膝蓋以下都不見了，卻渾身顫抖地說自己的腳很冷。下一次再看到那些人時，已全都離開了這個世界。

然而，澄尾的燒傷和她這一年來所看到的所有人都不一樣，無論過了多久，他的身體始終冒著煙。侵蝕他身體的火還沒有熄滅，藥物當然也不可能發揮作用。

「殿下說，這是自稱山神的妖怪所下的詛咒。」陪同澄尾一起來到此地的軍醫轉述道。

「詛咒是怎麼回事？」留在〈紫苑寺〉的藥師感到驚慌失措。

「抱歉，我們也不清楚，實在無能為力。」

皇太子也受了同樣的灼傷，但這是極機密的事；而山內眾將傷者和軍醫送進〈紫苑寺〉後，來不及交代清楚，便立刻返回中央山。因此，對於發生了什麼狀況，〈紫苑寺〉的人一點頭緒也沒有。

雷聲不斷，地面也持續震動，讓人不禁覺得山內就快崩壞了。

澄尾八成是為了保護皇太子而受傷，他左半身的燒傷情況特別嚴重，甚至無法發出呻吟。為了確保呼吸能順暢，藥師用木管撐開喉嚨，他看起來痛苦不已。

真赭薄只能無措地幫忙遞送，治療使用的熱水和乾淨的布。

「左手已經不行了。」

「只能先切除。」

真赭薄聽到正在治療的房間內傳來的討論聲，不由得倒抽一口氣。

「等一下。」她想衝進房制止藥師，濱木綿拉住了她。「但他是武人啊……！」

澄尾出身卑微，靠自己的雙手才有今天的地位。

「是否，是否能想想其他辦法？」真赭薄顫抖著雙唇，心痛地請求。

「妳看不到嗎？他的指尖已經焦黑了。」濱木綿冷靜地指出問題。

雖然不知道切除後，是否能夠阻止詛咒繼續蔓延，但能確定的是，現下若不及時採取措施，狀況會更加嚴重。

「在這裡我們幫不上忙，只能交給他們處理，別妨礙他們了。」

濱木綿說完，摟著真赭薄的肩膀走了出去。

不一會，房間內傳來彷彿身處地獄的淒厲叫聲，縈繞在耳邊，遲遲揮之不去。

長束和明留等人一同在大門待命。

當長束接到消息趕來時，奈月彥已離開〈招陽宮〉。

事情的起源，是人類的女孩無預警地逃脫，逃到位在外界的大天狗家。

這女孩造成眾多八咫烏的傷亡，還威脅到皇弟的生命，沒想到她竟然毫髮無傷地就這樣離開，簡直不可饒恕。

長束對此怒不可遏，不過聽說奈月彥在與女孩見面之後，便做出刺殺山神的決定。長束只是普通八咫烏，皇太子則是真金烏，原本就是接近神的存在。一旦殺了山神，皇太子就有機會成為新山神，屆時眼下所有擔心的問題都能解決。然而一旦失敗，八咫烏就將面臨存亡的危機。

太陽是八咫烏力量的來源，為求萬無一失，他們決定在天亮之際行刺山神。長束原本打算在禁門前等待皇弟，只不過皇弟再三交代，由於太多不可預測的狀況可能發生，因此要求他必須留在能立刻逃離的地方。

山內眾們帶著期待的心情看向大門深處，路近和他的手下，也就是明鏡院所屬的神兵，都站在大門前的舞台上。未能獲准一同前往神域的明留則站在長束身旁，像是祈禱般的合起雙手，仰頭看著天空。

經過好似永遠等不到盡頭的漫長時間後，天際浮起一片魚肚白，天要亮了。

「喂，你們快看那裡！」

順著山內眾的手指望向天空，眾人不禁驚叫出聲——山上的雲霧竟然消散了。

自從大地震之後，雷雲始終籠罩在山頂附近，不時出現可怕的閃電。然而，以往發出白光的烏雲，簡直就像被小孩的手撥開似地，全都散開了；就連已快成為日常生活一部分的雷鳴聲，也完全消失，周圍陷入一片久違的寧靜。

烏雲密佈的昏暗天空，漸漸轉成了淡灰色，東方出現了朝霞，曙光滲進淺藍色的天空，天真的放晴了。

有多久沒有看到清澈的天空？自山內發生狀況以來，一直都是陰天，農作物也歉收，幾乎都枯萎了。

「……成功了嗎？」站在長束旁仰頭的明留，緊張地嘀咕。

「不知道。」

不過，絕對發生了什麼事，而且是好事。

驀地，大門深處突然傳來一陣嘈雜音。

「回來了！」

聽到士兵的叫喊聲，長束再也按捺不住，他穿過紅色門柱，快步衝進了朝廷。

這時，一隻烏形的八咫烏降落在好幾層階梯的最上方，他在即將落地前變身成人形，旋即在長束面前端正了姿勢。

那名傳令兵是山內眾治真。

「殿下平安無事！其他山內眾也無人傷亡，目前決定暫緩刺殺山神之行動。」

「這是怎麼回事？」長束還來不及鬆口氣，又急忙問道。

明留以及其他跟著長束跑過來的人，全都仔細聽著治真的報告。

「發生了出乎意料的狀況，活供自己回來了。」

「什麼？」

「原本逃走的活供自己回到神域。」

在場的所有人一時之間無法理解治真這句話的意思。

「這是……為什麼？」長束無力地垂下眉尾，發出低吟般的呢喃。

「我也不清楚，但有一件事很確定，就是那女孩自己離開天狗家，回到了神域。」治真在說話的同時，露出納悶的表情。「也許不能說妖怪的怒氣已平息，或者說是目前暫時不再追究……總而言之，妖怪和巨猿也都很錯愕，似乎也不知該如何是好。」

因為如此，皇太子尚未決定新對策。

「太莫名其妙了，竟然會發生如此離奇的事。」站在長束背後的路近，訝異地問道：

「只是現下還有時間說這些嗎？時間一久，金烏的手臂不就要廢掉了嗎？」

「自從那個女孩回來之後，殿下受到的詛咒也平息了。」

皇太子也是因為這個緣故，認為「需要和活供談談」，才依舊留在神域。

「殿下吩咐，目前暫時繼續待命。」

明留和長束互看了一眼。

「長束親王，該怎麼辦？」

「哪能怎麼辦……」

既然皇弟如此決定，繼續在此等待是唯一的選擇。

而後，多次派傳令兵與皇太子溝通，仍然沒有改變「繼續等待」的指示。

這天正午過後，皇太子帶著雪哉等人出現在山內。

當皇太子走進朝廷時，山內眾驚喜地上前迎接。

「奈月彥！你沒事吧？」跑在最前面的長束，開心地大聲詢問。

「讓皇兄擔心了。」皇太子露出一絲疲憊微笑。

「傷口怎麼樣？」

「目前並無異狀。」皇太子安撫長束後，轉頭緩緩環視著眾人，下令道：「取消殺害山神的計畫。」

這個決定與他離開山內時的想法完全相反，這讓山內眾都忍不住議論起來。

「怎麼會突然做出這樣的決定？在神域發生了什麼事嗎？」

長束望眼欲穿地等著皇太子等人歸來，沒想到得到的竟然是皇太子改變了心意。

「狀況有所改變，那個活供……」皇太子略頓了一下，接著改口說：「志帆大人懇求我這麼做的。」

「她懇求你？」

「對，她拜託我不要殺害妖怪。」

這太荒唐了！山內眾忿忿地叫嚷著。

「那個女人之前擅自逃走，現在說什麼鬼話！」

「殿下，您該不會答應了？」

「為何要這麼做？」

既然她袒護那個妖怪，那就把她也一起幹掉吧！山內眾怒吼道。

「對啊！根本不需要三心二意。」

「殿下，您該不會害怕了？」

眼見氣氛越來越緊繃，方才始終不發一語的雪哉猛然舉起刀鞘，重重敲擊在地上。

噹！金屬撞擊的尖銳聲響，迴盪整個朝廷。

「殿下還沒有說完，請肅靜！」雪哉十分冷靜，表情不見絲毫慌亂。

原本議論紛紛的山內眾霎時回過神來，尷尬地閉上了嘴。

「你們說的都沒錯。」皇太子輕歎了口氣，沉重地頷首說道：「她的確曾經逃走，但是……她選擇回來了。」

而她回到神域的結果，就是如此。皇太子邊說邊指向大門外。

天空尚未完全放晴，卻也逐漸恢復到微陰的狀態。風緩緩吹散了烏雲，露出湛藍的天空，從雲間灑下了自大地震以來，八咫烏失去的陽光。

「當她回來之後，情況發生了轉變，我的傷口不再疼痛，陽光也照進了山內。」

不能無視這個事實。皇太子不帶情緒地陳述。

「我不明白她基於什麼理由袒護那個妖怪，只是我們對於過去曾經發生過什麼事，一無所知。原本認定只要推翻山神，就可取代祂，但這種想法是建立在，之前的山神被妖怪取而代之的推論上。若這個前提不成立……那所有的一切，都將會不一樣。」

「奈月彥，你到底想說什麼……？」事態的險惡發展，令長束惶惶不安。

「我想表達的是，山神可能沒有被取代，而那個妖怪……可能就是我們的山神。」

皇太子的話語剛落，周圍陷入了可怕的沉默。

「一百年前，可能發生了什麼重大事件。山神或許從那時就已變成了妖怪，只不過我們都刻意忽略這種可能性。」奈月彥略頓，紫輝的眼眸瞥了眾人一眼，繼續說道：「目前尚無法判斷何者為真，只知道這一年來，即使吾伴於妖怪身旁，狀況依然持續惡化。然而，當那個女孩回到神域後，山內確實出現了一絲改善的徵兆。」

長束認為皇弟一語道中了要害，將原本想要說出口的話，用力吞回肚裡。

「吾由此判斷，暫時交給那女孩，也不失為一種方法。」奈月彥淡然嚴肅地宣告。

「但是，我們不能就這樣罷休！」

一名山內眾忍無可忍地大聲叫囔。

「殿下，我們的同袍遭到殺害了！裕江和小漉都……」

「鐵丙，別說了。」對於皇太子的命令沒有表達任何意見的雪哉，開口厲聲喝止。「現下大家都很憤怒，但不能因一時的情感就忘記自己的使命。這是真金烏根據目前的狀況，所做出的判斷。」

「但是！」

「難道要因為自己的憤怒，讓同袍重蹈覆轍嗎？」

鐵丙聞言，沉默不語。

「我們的選擇決定了居住在山內所有八咫烏的命運，只要時間允許，必須考慮到所有的可能性，謹慎地尋找生存的方法。難道不是嗎？」

皇太子靜靜地看著其中一名山內眾，道出心中的痛，現場陷入了一片死寂。

「說句心裡話，吾也無法原諒那個妖怪，和你們一樣，也想殺了他。但吾不能因內心的憎恨，犯下無可挽回的錯誤。」皇太子微微垂首，斂眉說道：「希望你們能夠理解。」

聽了皇太子情真意切的訴求，已無人表示反對，就連長束也言窮詞塞。

皇太子轉頭看向在一旁緘默不語的明留。

「澄尾在哪裡？」

「他在紫苑寺。」

真赭薄在藥師的指導下，開始協助照護澄尾。

當照顧澄尾的下女來對她哭訴：「我無法繼續照顧」，她簡直怒火中燒。

「沒出息！算了，我來！」真赭薄挽起袖子，打算親自上陣。

「不是女史想的那樣。」挨罵的下女哭著說道。

真赭薄不理會下女的解釋，來到澄尾身旁，一看見他的樣子，便明白下女們流淚的原因

——傷口爬滿了蛆，已被切除的手腳患部好像帶著電，不時發出閃電般的白光。

「這……」真赭薄驚愕地說不出話來。

「普通的燒傷傷口，不可能這麼快就長蛆。」藥師歎著氣說道。

「這個傷口的確不同尋常。」

「我們真的無能為力……」

縱使真赭薄之前就聽說了，實際的傷勢還是遠超過她的想像。

「無法使用鑷子，鑷子會熔化。」下女邊啜泣，邊追上來補充道。

並非傷口看來很疼痛不忍多看，或是覺得噁心等等這些簡單的理由，而是對於無法治療傷重的澄尾，感到無計可施的挫敗。

「很抱歉，適才對妳發脾氣。」真赭薄歉疚道，垂眸注視那些派不上用場的器具，片刻後，她用細繩綁起袖子，包上頭巾以防髮絲散落。「這裡就交給我吧！」

「真赭薄女史？您打算做什麼？」下女嚇得睜圓了雙眼。

真赭薄不理會她，對著藥師欠身行了一禮。

「請你下達指示，這是我目前唯一力所能及的事。只要有我能幫得上忙的地方，請儘管吩咐。」

「嗯，那請妳先取竹筷來。」藥師見她態度堅定，並沒有加以勸阻。

真赭薄在藥師的指導下，很快學會用筷子夾走所有的蛆。

蛆的數量十分驚人，光靠藥師根本就抓不完，傷口的深處依然不斷湧出白色的蟲，再不盡快處理，澄尾的身體可能會被這些蛆給吞食掉。

碰到筷子難以夾出時，真赭薄會用手指，或是以藥水漱口後吸出來。直接碰觸到澄尾的皮膚會被電到，但並非無法忍耐的疼痛。

當菊野發現真赭薄正在做的事，嚇得驚叫起來，不過濱木綿制止了她。

藥師也忙著製藥，想辦法塗抹在澄尾的傷口上，或是硬塞進他嘴裡。澄尾總是發出虛弱的呻吟聲，甚至不知人是否意識清醒。

「是否有可以減輕痛苦的方法？」真赭薄於心不忍地問道。

「一旦使用伽亂，可能就再也醒不過來了。」藥師搖頭回答。

既然澄尾已無法發揮身為武人的作用，與其如此深受折磨，不如乾脆讓他解脫。

這樣想法掠過了真赭薄的腦海。但……他仍然活著啊！縱使只是照顧者的自私念頭，這個事實也足以令人無法輕言放棄。

雖然不確定澄尾是否能夠聽到，真赭薄還是俯身湊到他耳邊。

「澄尾，不用擔心，有我們在，所以你千萬不能認輸。」

管子深處傳出像咳嗽般的呼吸聲。

天亮時分。

澄尾的情況終於穩定下來，原本發出劈叭聲的電流消失了，也不再長出新的蛆。

真赭薄鬆了一口氣，發現外面傳來嘈雜的聲音，神域似乎發生了什麼事。

正午過後，從神域趕來的皇太子親自來探視澄尾。

「澄尾，幹得好！多虧了你，吾才能夠平安。」皇太子坐在澄尾的枕邊，目不轉睛地凝視他的臉。「你為了山內的八咫烏、為了吾，傑出地完成你的使命。」

陡然，一陣劇烈的咳嗽，澄尾看起來十分痛苦，但總覺得他的喘氣聲中帶著一絲笑意。

「感謝！請好好療傷。」

即使知道澄尾看不見，皇太子仍然深深躬身行禮，然後才轉身離開。

皇太子應該相當忙碌，真赭薄看著他短暫的探視，也無法說些什麼，只能目送他離去。

然而，她總覺得胸口有個揮之不去的疙瘩……

感謝……感謝？無話可說，只能說感謝嗎？

若說澄尾希望聽到皇太子的歉意，似乎也不是如此。澄尾可以為護衛工作奉獻自己的生命，其他犧牲的山內眾也是一樣。

真赭薄明知這並非自己能插嘴的事，卻還是難以接受。

澄尾的症狀稍微改善了一天，之後又度過好幾日，異常的蛆不再冒出，皮膚也不再通電，全身已退燒，喉嚨也消腫了。

然而，燒傷的傷口卻一直未見好轉。

「真希望還能做點什麼……」真赭薄對著前來探視的濱木綿，憂心忡忡地說：「藥師說，目前並未改善，反而是相反。」

據藥師所言，病情並非穩定下來，只是到了最糟的情況。

侵蝕澄尾身體的火看似已平息，其實是處於已無物可燒的谷底狀態，他沒有力氣呻吟，只能慢慢等死。

「必須開始考慮最不樂觀的決定，他的親人還沒有來嗎？」濱木綿嚴肅地問道。

「他已經舉目無親。」菊野搖首輕聲道：「聽說原本和母親相依為命，在進入勁草院之後，母親也去世了，當時是有明鄉的鄉長擔任他的監護人。」

「原來是這樣啊……」真赭薄垂眸嘟囔著。

難怪澄尾整天擔任皇太子的護衛，幾乎都沒有休息，即便休沐也無事可做，最後乾脆入住〈招陽宮〉。

他的母親是怎樣的人？真赭薄不禁在心中思忖。若知道兒子受了如此嚴重的傷勢，一定會很擔心。真赭薄發現自己完全不瞭解澄尾。

「皇太子殿下的手臂如何？」

「已逐漸好轉，無生命危險了。」

澄尾和皇太子的治癒程度，明顯不同。

「難道就因為皇太子殿下是真金烏嗎？」真赭薄聽了濱木綿的回應，秀眉輕皺問道：「他們最初受到詛咒時的症狀，不是一樣的嗎？這麼一想，總覺得應該有其他原因。」

「……我再去問問奈月彥是否有其他頭緒？」濱木思索了片刻，說道。

自從活供回到神域後，皇太子幾乎都待在那裡，就算回到山內，也隨時在〈招陽宮〉待命。原本該由皇太子處理的公務，目前都由長束與濱木綿協助處理。當他們碰到難以決斷的案件時，就會派人請示皇太子。濱木綿表示：「下次會一併詢問這件事。」

除此之外，不時會有曾經很受澄尾照顧的山內眾，前來探視他。他應該很得學弟和同袍的愛戴，送來的慰問品越堆越多。即使無法見澄尾一面，他們都不約而同地說：「希望澄尾能夠挺過來。」

此外，不幸喪生的山內眾遺體，已送到家屬手上，這件事則由明留和雪哉負責。明留與皇太子一同前來〈紫苑寺〉時，面色如土，神色顯得十分憔悴，而且雪哉和茂丸的感情又特別好。

不知他們是否安好？

千早正站在第一線，指揮著將茂丸等人的遺體，從〈招陽宮〉送往勁草院，接下來準備把遺體送到家屬手上。不過在此之前，已有遺族得知消息趕到勁草院。

當皇太子前往神域時，就由明留和雪哉負責接待遺族。在茂丸的父親和其胞弟來到勁草院後，也由他們兩人說明事件的情況。

以前勁草院放長假，千早曾暫住茂丸家，當得知茂丸的家屬抵達時，他急忙趕往勁草院。只不過，任何安慰的話都是枉然，也只能無言以對。

雪哉和明留向已成為遺族的他們，說明了茂丸犧牲的來龍去脈。

茂丸的父親個子高大，性情開朗，千早以前去打擾時，他總是笑臉相迎；如今像是一夕之間蒼老了好幾歲，整個人都小了一圈。而茂丸的胞弟則是一臉難以接受，在一旁攙扶著幾近崩潰的父親。

茂丸的家屬步履踉蹌地來到禮堂，一見到茂丸的遺體，便痛徹心扉地號哭。

明留再也無法忍受，轉身快步離開。

「明留！」

千早見狀，立刻追了上去，一踏進正殿，只見明留抱著頭蹲在角落。

「你怎麼了？」

千早站在不發一語的明留面前，耐心地等待他開口，過了半晌……

「……都是因為我叫他們去神域，」明留顫抖的嗓音微啞道：「大家都是聽了我的提案才送命……都是我的錯。」

千早擰著眉絞盡腦汁，思考該怎麼安慰。

「……若照你這麼說，就變成是命令你去叫援兵的殿下的過錯。」

「我知道！」明留滿臉悲痛地抬起頭，哽咽地說：「但事情並不是這樣。」

無論是山內眾，還是身為皇太子親信的自己，都有可能送命。

明留很清楚，這並不是誰的過錯。

「我知道事情並非如此，卻還是忍不住會想，若死的是我，不知該有多好。總覺得僥倖活下來，無言面對死去的同袍。」

「明留……」

「為何不是我……？」明留神情無比沉痛，歎了口氣，再度把臉埋進膝蓋。

千早認為明留沒必要自責，卻口拙得不知該如何告訴他。而且千早完全能夠體會明留的心情，他忍不住想，若是茂丸遇到這種情況，必定能說些得體的話，激勵明留向前看。

茂丸是個相當出色的人，很有智慧，大家都喜愛他。在勁草院時，千早和雪哉的成績都比茂丸來得傑出。千早卻認為茂丸不僅體能優秀，頭腦也出類拔萃；最重要的是，他與生俱來的寬容更加難得可貴。

茂丸真的不該死！不，不光是茂丸，所有遇害的山內眾，都沒有理由失去生命。

「事情做到一半就丟下不管，實在令人難以苟同啊！」

驀然，背後突然傳來了揶揄聲。

「雪哉！茂丸的父親他們呢？」千早問道。

「他們說，想先靜一靜。」雪哉鎮定自若地回答：「一個大男人，又是皇太子殿下的親信，竟然如此丟人現眼。我若不在，你要如何收拾殘局？」

「抱歉！」明留低聲歉疚道：「只是覺得難以面對茂丸的父親和胞弟……」

「何必在意？我們並無做錯任何事。」雪哉雙手扠腰睨著明留，看似與平時沒什麼兩樣，但語氣十分冷冽。「犯錯的是，燒死我們同袍的山神，和慫恿山神的巨猿，不是嗎？」

「你說的……也沒錯。」

「既然如此，就不要為這種無能為力的事亂煩惱。狀況時時刻刻都在變化，皇太子身旁的人，不能被過去困住，影響了自己的判斷。」

雪哉顯得從容自若，難以想像當時的他曾經張皇失措到亂了方寸。

「……你還真放得下。」明留沒好氣地說。

「放不下又能怎樣？就算我們在這兒哭哭啼啼，死人也無法復活。」雪哉冷嗤道。

雪哉把話說得十分殘酷，千早直勾勾地覷著面無表情的他，似乎嗅聞出一絲不對勁。

雪哉和茂丸是莫逆之交，進入勁草院之後，兩人情同手足，幾乎可說是形影不離。雪哉的個性極其彆扭，茂丸是難得能夠讓他敞開心房的對象，只要和茂丸在一起時，他的態度丕變，簡直就像從陰毒的蛇變成溫和的小狗。

沒想到現下的雪哉，竟是如此不以為然。

即使是市柳，在慘案現場表現得很堅強，當順利將遺體送回山內後，再也按捺不住流下了男兒淚。

回想起來，雪哉只有在得知茂丸等人失去性命的瞬間，才陷入驚慌失措。正因為千早見識過他方寸大亂的模樣，對於現在過分冷靜的雪哉，感到寒毛直豎。

雪哉毫不理會千早納悶的眼神，漫不經心地對明留揮了揮手。

「反正差不多是換班的時間，若你撐不下去，就先去小憩片刻吧！」

「那你呢？」

「我還有許多事要處理，那有時間歇息？」雪哉淡然輕笑地說完，便轉身離開。

千早凝望他離去的背影，彷彿就像是拒絕浪費時間為茂丸歎息。

真赭薄守在澄尾枕邊，靠在牆上打起盹來。

與協助照料澄尾的侍女輪流用完膳後，倦意莫名襲來。陡然間，耳邊傳來澄尾的呻吟聲，她立刻跳了起來。

「澄尾？」

澄尾聽到她的呼喚，繃帶下的眼珠子緩緩動了一下。紙拉窗內側依舊是灰白的微暗空間，朝霞的光芒隔著薄紙照了進來，能顯約看到他濕潤的眼眸。

澄尾清醒了！這是他被送來〈紫苑寺〉後，第一次恢復意識。

「澄尾、澄尾！是我，我是真赭薄。你想要什麼？儘管吩咐。」真赭薄滿臉焦急。

澄尾微微睜開眼，茫然地看向真赭薄。

「手……」

「什麼？」

「握……握住我的手。」澄尾氣若游絲地啞聲請求。

澄尾的要求她聽得一清二楚，卻感到意外。

不過，人在這種困境之下，都會想要尋求溫暖。

「當然沒問題。」

真赭薄不疑有他，素手正要握住澄尾焦黑的手時，察覺到他凝視的眼神晦暗深沉。

兩人四目相對。

澄尾緩緩眨了眨眼睛，繃帶之間露出的黑眸露出一絲苦笑，像是在說：露餡了。

澄尾被燒得面目全非，睫毛也被燒掉了，完全看不清楚他的表情。但在那個瞬間的面容，的確是真赭薄熟悉的那張臉。

她終於恍然大悟——

「你……」真赭薄大吃一驚，全神貫注看著他。

澄尾闔上雙眼，或許體力也超過負荷，就這樣疲憊地睡去了。

真赭薄沒有握住澄尾的手，甚至也沒有碰觸一根手指頭，她慌慌張張地跑了出去。至今為止，在治療過程中，雖然經常會觸碰他的身體，但這兩者的情況完全不同。

之前都沒有發現，之前完全沒有發現！到底為什麼？到底從何時開始？一旦意識到

之後，就發現至今為止所有的事都不一樣了。

真赭薄覺得這男人真是太蠢了，不過沒有察覺這檔事的自己比澄尾更笨，真是無可救藥的笨女人。她希望是自己會錯意，希望是自作多情……

也許不是，也許澄尾搏命想保護的，並非只是皇太子而已。

「真赭薄，妳怎麼了？」

或許是聽到她的腳步不同尋常，濱木綿探頭向走廊張望。

原來真赭薄在不知不覺中，已從澄尾所在的耳房回到了主屋。

「櫻君，怎麼可能有這種事？澄尾……他竟然……」真赭薄說得結結巴巴。

濱木綿似乎察覺到發生了什麼事，她將真赭薄叫進自己房裡。

「妳終於發現了嗎？」濱木綿輕歎一聲，促狹道。

「您早就知道了？」

「當然啊！畢竟我常在鏡子中，看見單相思的人。」濱木綿嘴角微微噙起一絲自嘲。

「我，我太遲鈍了，竟然在澄尾變成這樣才察覺……」真赭薄低眉斂眸，呢喃道。

「澄尾克盡己職，必須稱讚他傑出地完成任務。」濱木綿道出和皇太子相同的論調。

「您要我對他說，感謝他為皇太子殿下而死嗎？」真赭薄猛然抬起頭，杏目瞪圓，嬌聲慍懟道：「即便對您來說是如此，我可不是！」

「不！」濱木綿清澈的水眸，凝視著真赭薄，冷靜地說：「妳身為真金烏的妻子，對妳來說，就是這樣。」

濱木綿突如其來的這番話，令真赭薄一時語塞。自從上次之後，她們就不曾討論過這個話題，這讓她感到手足無措。

「為何提起這件事？」

「經過這次的事，我終於想通……」濱木綿囁囁嚅嚅地說：「已經沒有時間了。雖然他這次幸運得救，不知何時還會有下次。」

沒有任何事實能證明，他下次也能夠得救。

「必須要有人生下奈月彥的孩子，既然我無法生育，就只有妳能夠完成這件事。」

「我做不到。」

「為什麼？因為澄尾的關係嗎？」

濱木綿是個擁有花容月貌的美人，和長相甜美的真赭薄不同，她五官英氣煥發。平時她總是笑容可掬，臉蛋嬌酣誘人；一旦氣勢洶洶時，令人心生畏懼。

「不是，不是這樣。您怎麼了？您到底在著急什麼？」

「我當然著急啊！再不趕快，他會孤獨死去的！」濱木綿略啞的嗓音中，難掩內心的絕望。「若非我成為他的正室，現在他或許已當父皇了。都是我的錯！」

真赭薄很久沒聽到濱木綿如此激動地叫嚷。

「櫻君……」

「真赭薄，拜託妳，請為他生孩子。」

濱木綿的雙手緊握著真赭薄的素手；濱木綿竭盡全力，真赭薄也竭盡所能。

父親、兄長、胞弟、澄尾和皇太子，甚至是雪哉的臉，全浮現在腦海中，不停地打轉。

自從濱木綿向她提起側室一事，她一度認為也許自己就該這麼做。不知為何，她就是無法坦然接受，一旦同意了這個提議，自己就不再是自己。

即使會被人輕視、即使會遭人蔑視，身為真赭薄的部分，不管怎樣都無法點頭。

「……很抱歉！」真赭薄低喃道：「真的辦不到，我無法為他生孩子。」

濱木綿美麗的臉蛋，頓時扭曲了起來，分不清是憤怒，還是悲哀。

「我剛才已經說了，這是命令！」

濱木綿咄咄逼人地再次重申，她未曾用過這種口氣對真赭薄說話。

「我之所以在這裡做事，是因為自己想這麼做……」真赭薄毫不退縮地沉痛道：「我無法忽視自己的心，聽從您的命令！」

濱木綿聽了真赭薄如悲鳴般陳述，嬌顏露出受傷的神情。

「……妳出去！」

「櫻君……」

「我叫妳出去！」

真赭薄搞不懂自己為何要流淚？

「拜託您，請別這樣……」

「我對妳太失望了，沒想到妳這麼自私。」濱木綿淒涼低沉的嗓音，也像是嗚咽。「妳不再是我手下的女官了！我不想再見到妳。」

中午過後，當皇太子現身時，只有真赭薄出來迎接他。

「櫻君現下如何？」

「正在歇息。」

「身體不適嗎？」

「不，只是昨夜太晚就寢，請別擔心。」

皇太子沉思了半晌後，做出了決定。

「那吾去看看澄尾。」

「好的。」真赭薄應答後，便帶著皇太子走去澄尾所在的耳房。

「澄尾的情況如何？」

「天亮時，曾經醒來一次。」

「他有說什麼？」

真赭薄靜默一會兒，吶吶答道：「沒有。」然後把頭轉到一旁，她無論如何都無法將實情說出口。

「真糟糕。」皇太子很關心澄尾的傷勢，露出感同身受的表情。

「殿下，聽說您的傷口已經癒合了。」

「是啊！妳看。」皇太子毫不猶豫地掀起右肩的羽衣。

真赭薄看著他傷口處深桃色的肉隆起，卻能保持得住乾燥，看來的確快好了，與澄尾還在化膿的傷口明顯不同。

「為何差異如此大？只因為殿下是真金烏嗎？」真赭薄輕聲嘟噥著。

「這應該也是因素之一。」皇太子眉心微蹙地說：「不過最大的原因，吾猜想是因為吾長時間留在神域。」

據皇太子所言，待在神域時，傷口反而比較不疼痛，非常不可思議。

「山神害我們受傷，也許只有山神有辦法治癒這個傷勢。」

「那就把澄尾帶去神域，或是……」

「不，澄尾的傷勢很嚴重，光是這樣，可能還不夠。」皇太子低吟了片刻，俊顎一揚說道：「其實吾已透過志帆大人談妥了，明日帶澄尾前往神域，讓山神為他治療。」

「這是真的嗎？」

真赭薄驚詫萬分，因為不久前，他們還想殺害彼此。

皇太子歎吁口氣，露出了難以言喻的複雜表情。

「……吾並沒有原諒他，說句心裡話，吾恨山神，恨不得殺了他。」

這不像是皇太子會說的話，令真赭薄杏目瞪圓。她之前看過皇太子為了挑釁他人，刻意自曝其短的態度，第一次見他在話語中摻雜這種世俗的痛苦。

這就是家人和親友遭到無情殺害時，所有八咫烏都會為此鬱悶且苦痛吧！

「然而，不能因憤怒，讓任何人死於非命。只要能夠救澄尾，即使是仇敵，吾也會向他求助。」

真赭薄聽了皇太子的啞聲低喃，心中湧起無限共鳴。他們一樣深愛著八咫烏，皇太子卻仍須保持理智，將為了保護主公的同胞，送往死地。

「雖不是吾的過錯，他們的確因吾而死……」皇太子像是看穿真赭薄的想法，醇厚的嗓音硬聲道：「一定要把澄尾救回來！吾知道妳想救他，絕不會讓妳的努力白費。」

「拜託了。」真赭薄輕點螓首，溫聲道。

「吾已安排山內眾，今日會將他移往招陽宮。」

「我也一起去。」

「那就太好了。」

在山內眾和〈紫苑寺〉的聽差協助下，用榻榻米抬著澄尾上了飛車。真赭薄簡單收拾後，也爬上飛車坐在澄尾身旁。

菊野和侍女一臉擔憂地目送他們離去，而濱木綿的房門始終沒有開啟。

抵達〈招陽宮〉後，真赭薄動作俐落地照看澄尾。

她換下沾滿體液的布，把藥擦在傷口上，再用乾淨的布重新包紮。

當她起身打算去換水時，皇太子忽然開了口。

「妳動作很熟練。」

「這一年來，我照料過很多人。」

真赭薄說完便走出去，沒有再繼續說下去，皇太子也似乎明白了。

挽起袖子的真赭薄穿著一身黑色羽衣，剛進宮中時，她做夢都沒有想到自己有朝一日，竟然會穿羽衣。

以前保養得宜、嬌嫩玉滑的纖指，如今已粗糙不已。菊野每回瞧見她的手，雖然沒有說什麼，卻總是露出憂傷的表情。父親一次又一次來到〈紫苑寺〉，希望她趕快回西家，看到她現在的模樣，也總是唉聲歎氣，難過得幾乎要昏厥。

即使如此，真赭薄卻很喜歡這個頭髮凌亂、雙手粗糙、身沒有任何飾品，看起來寒酸的自己。甚至更勝於從頭頂到腳尖都細心呵護、美若天仙的自己。

她明白，沒有人希望自己這麼做；她也知道，自己辜負了許多人的期待。然而，這個堅強的自己，是從造成他人的困擾和失望中所造就出來的。所以她必須這麼做，因為這是不違背自己的矜持，一路能走到今天的唯一精神支柱。

皇太子看著真赭薄勤快做事，若有所思地沉吟了一會兒。

「……妳以前曾說，只要是自己力所能及的事，妳都願意做。」皇太子乍然問道：「這種想法至今仍然沒有改變嗎？」

真赭薄看著皇太子一臉嚴肅，感到不解納悶。

「對，當然沒有改變。」真赭薄眨了眨眼，輕點螓首回應。

「既然這樣，妳願意明天陪澄尾一起去神域嗎？」

「有什麼我幫得上忙的事嗎？」真赭薄迅速揚睫，驚訝地微瞠雙眸。

「必須讓山神願意救人，讓他想要救澄尾。」

據皇太子所言，雖然已透過活供的女孩請山神治療澄尾，但山神只是勉為其難地答應。

「這樣不行，不能單靠妖怪的力量，必須激發出他身為山神的神力。」

「……活供和山神是什麼關係？」

「吾也尚未參透。」皇太子俊臉雪冷，深目如淵，仰頭看向神域所在的山頂。「自從她回到神域之後，對待山神的態度就像是母親一般。不可思議的是，被當成孩子的山神……真的像是變成了孩子。」

初次見面時，山神看起來完全就像是一隻猿猴妖怪。

「據說非人異類不是靠能力，而是靠自覺存在。」皇太子喃喃低語。

「喔……」

真赭薄無法理解皇太子說的意思，只理得出一個結論——原本只是可怕的妖怪，實際上可能並非只是可怕而已。

「總之，山神的意志很重要，必須拜託山神，讓他發自內心想要幫助澄尾。發自內心，而且充滿真摯，吾相信妳會比我更加適任。」

當皇太子問她是否願意前往時，她毫不猶豫地點頭。

「我去。」

「山神目前的樣子，應該不會對妳造成危險。」

「不要小看我，即使有危險，我也會去。」真赭薄不等皇太子開口，立刻補充道：「即使我生命遭遇威脅，那也是我自己的決定。我會像澄尾、其他山內眾和您一樣，做好充分的心理準備前往神域。」

皇太子略感訝異，難得露出了他特有的燦爛笑容。

「怎麼可能會有人敢小看妳？那就拜託妳了。」

「沒問題，我接受您的拜託。」

儘管眼前是如此迫切的危急情況，兩人卻像是如釋重負地輕笑出聲。

真赭薄突然意識到，現在的自己與皇太子，或許能成為理想的夫妻。以前滿心期待成為皇太子的妻子，而且絲毫不懷疑自己是不二人選。比起那個時候，對此已完全不抱期待的現在，反而更能夠和皇太子融洽相處，這未免也太諷刺了。

不過，真赭薄認為不可能會有這樣的結局，因為皇太子從未親口對她提過側室一事，她不知道皇太子對此有何看法，但總覺得應該和自己差不多……

不知皇太子自己是否意識到，他其實深愛著濱木綿，而真赭薄也一樣。

正因為如此，每當憶起那道緊閉的門，真赭薄就倍感憂傷。

隔天早晨，真赭薄陪著躺在榻榻米上的澄尾，徒步走向禁門。

明留雖然很想同行，但他被奉命留在山內，只能來為她送行。

「姊姊，請妳千萬、千萬要小心。」明留臉色蒼白，像是快昏倒似的。

「好，我知道。」

「千早，你應該知道怎麼做。」明留橫睇了一眼陪同前往神域的千早。

千早什麼話都沒說，輕輕舉手回應。

「出發！」

皇太子一聲令下，山內眾將榻榻米抬起，真赭薄隨行在側，經過尚未修補的土壘縫隙，穿過已變成石門的禁門，終於踏進神域後，明確感受到空氣驟變。縱使空氣十分陰涼，卻覺得呼吸困難，這裡的空氣似乎比山內更加濃厚。

一名十五、六歲的少女和躲在少女身後的少年，在看似大廳的圓形空間等待著他們。

真赭薄終於理解，為何奈月彥提議帶自己來這裡的理由。

若獲知的訊息無誤，眼前這名少年曾經雷劈山內眾，並且詛咒山內眾。之前聽說山神瘦骨嶙峋，像是猿猴一般的妖怪，如今已變成普通的孩子。

山神的年紀還未到十歲，眼神陰沉，卻有著超凡脫俗的清俊容貌。稚嫩的臉頰粉嫩圓潤，脖子纖細得好似一折就斷。雖然年紀尚幼，五官卻不女性化，堅毅的眉形，似乎反映了剛強的性格，披在肩上的銀髮，宛如閃著月光的細絲。

少年看到被自己打傷的澄尾，露出膽怯的神情，畏縮地緊抱少女。

少女的長相普通，既不特別漂亮，卻也不醜陋，笑起來應該很可愛，是一個隨處可見的普通女孩。然而，她渾身散發出的氣場，完全無法用「普通」這兩個字來形容。

到底是怎麼回事？正當真赭薄在心中忖度時，猛然發現少女有些不太尋常。

她的神情並不犀利，當見到澄尾時，露出震驚又泫然欲泣的模樣，那並非是看到重傷者感到害怕的神情，而是像母親發現孩子闖下大禍後臉色發白，內心感到自責。她年紀尚幼，卻有一雙為人母的眼神。

她應該是想道歉吧！正當少女要開口講話時，真赭薄向前制止了她。

真赭薄明白當初就是因為這名少女試圖逃走，才造成眼前這一切慘狀。但並不認為這就是她的過錯，反而感激她願意協助治療澄尾。

當真赭薄回過神時，發現自己竟然低垂著螓首。

「由衷懇請求兩位救救澄尾。」她不知所措地請求道：「只要能夠救回他一命，我願意做任何事。」

皇太子使用他們的語言，轉達了真赭薄想要說的話。

少女露出嚴肅的表情看著山神，不知道說了什麼，山神在她的示意下走上前，與真赭薄四目相對。片刻後，山神向真赭薄微微點了點頭，他果然不像是殺害許多八咫烏的凶手。

千早和其他人將澄尾躺著的榻榻米置於中央後，立刻回到皇太子身旁。

山內眾一離開，山神開始緩緩走向澄尾，他每走一步，空氣就越感沉重。他俯首盯著呼吸到全身痙攣的身軀，潔白的小手高舉在澄尾身體上方，下一秒，手已壓在澄尾的胸口。

在山神發出聲音的瞬間，真赭薄感到眼前的一切在旋轉，不知山神的力量是否充滿了整個空間，周圍一陣黑暗襲來。

「求求你……」真赭薄不由自主地合起雙手祈禱，她祈求著山神，一心期盼能治好澄尾。「請你救救澄尾……」

皇太子斂著精光的清眸冷覷澄尾和山神，他扶著真赭薄的肩，聽著她的呢喃細語。

真赭薄感到呼吸困難、心跳加速、頭痛耳鳴。彷彿過了好長一段時間，空氣倏忽變輕盈了，她輕輕搖晃昏沉的腦袋，仰起嬌顏看向前方，發現山神已離開澄尾身旁。

真赭薄快步跑向澄尾，迫不及待地掀開傷口上的布一瞧，嬌軀霎時僵住，愕然地瞪圓杏眼——傷口完全沒有改善。

意識到這個事實，真赭薄感覺至今為止支撐自己的某種力量，好像應聲斷為兩截。她一直希望自己所做的事是有意義的，但此刻深切體會到，這種想法僅是自己的傲慢。

再這樣下去，這個可憐的年輕人真的會走向死亡。

澄尾在臨死之前，心中冀望真赭薄能握他的手，卻認為說出這種乞求是自己的失態。他的希望很渺小、很勇敢，也很可憐。

真赭薄抱著澄尾僅剩的一隻手痛哭了起來，那是之前她始終無法握緊的手。說實話，自己也不知道對這個男人到底有著怎樣的情愫，正因為如此，她想和他好好聊聊，哪怕只有一次就好。

不知過了多久……

「真赭。」

聽到皇太子的呼喚，她抬起垂淚的臉蛋，發現少女和山神都不見了。

「看來失敗了……」真赭薄略啞的嗓音顯得淡漠，簡直不似自己的聲音。

皇太子正想要說什麼時，猛然俊顎一揚，俊臉上佈滿寒霜。

「殿下。」

真赭薄定了定神，隨即豎起耳朵，從神域深處傳來緩步慢行的腳步聲。

真赭薄聞聲後才發現，千早已護衛在他們身旁。不，並非只有千早而已，方才於後方待命的山內眾，現下都神色緊張地圍住他們加以戒備。

「真赭，妳過來這裡。」

就在皇太子擋在真赭薄面前保護她的同時，通往神域深處、爬滿枯萎藤蔓的門，出現一道又高又大的黑色影子，是巨猿。即使牠駝著背，還是必須抬頭才能仰視。只見牠一身粗毛，臉上滿是皺紋，混黃的大眼炯炯。

真赭薄感到毛骨悚然，不須特別聲明，她立刻就知道這個傢伙吃了八咫烏，同時也慫恿唆使山神。

「你們根本在做徒勞無益的事。」巨猿大眼一瞟，不懷好意地訕笑，接著像在唱歌般地說道：「徒勞無益、徒勞無益！」

巨猿的聲音像老人般沙啞，彷彿在耳朵深處舔來舔去，令人渾身不舒服。

皇太子默不作聲，銳目狠瞪著巨猿。

「你這種反抗的眼神是什麼意思？呵呵呵！」巨猿心情愉悅地嘲弄道。

真赭薄覺得殺害同胞的山神只是個少年，但眼前的巨猿外表就很奇怪，感覺很不自然。巨猿渾身散發令人悚然心驚的氣息，似乎能輕易踰越身為動物，不可輕易侵犯的界線。

「事到如今，你們無論做任何事，都為時已晚。」巨猿欣喜雀躍地說：「因為寶君已經吃了人肉。」

「若你只是想說這句話，請離開！」奈月彥面露慍色，語氣峻冷地說：「現在的狀況和之前不同，即使你想要慫恿山神，也沒那麼簡單。」

「那可未必。」巨猿說完，陡然噤聲。

真赭薄發現少女和山神從巨猿方才出現的入口走了回來，他們的腳下跟著一隻不曾見過的白色小狗。巨猿一見到那隻狗大驚失色，按著異常跳動的太陽穴，向山神點頭示意後，快步離去。

巨猿前腳一離開，少女與皇太子交談了片刻，皇太子掩不住內心的狂喜。

「他們決定再試一次。」

從先前的情況來看，無法抱持期待，但山神想要治好澄尾的想法，似乎多了一線希望。

此時，皇太子和護衛都退回牆邊，少女留在現場，站到山神的背後。

只見山神挽起袖子，用力吐了一口氣，然後露出比剛才更加認真的表情，雙手伸向澄尾的方向。當山神用意念試圖治療澄尾時，現場的空氣又再度變得沉重。即使是旁觀者，也能察覺到山神的全力以赴，他的額頭冒汗，手的周圍冒出像白線般細微的火花。

即便如此，澄尾的傷勢仍舊沒有任何變化。

少女走到山神旁，想鼓勵快哭泣的祂，周遭空氣漸轉輕盈，山神卻想要放棄了。

不要放棄！真赭薄想要如此尖聲大喊，心中也開始默認或許無望。

少女或許也有相同的想法，她像是祈求原諒般地跪了下來，將手伸向澄尾。

就在這個瞬間，一切都改變了。

只聽到啪的一聲，簡直像是一顆裝滿風的玻璃珠在大廳中央炸開。那種感覺，很像是站在巨大瀑布下方的潭水中。雖然肉眼無法看到，卻能感受到清澈的瀑布從頭頂灌下，旋即帶走了混濁的空氣。

在那一剎那，昏暗的岩石大廳猶如沉入藍色水底，發出白色光芒的泡泡不停地湧現出來，飄向這個空間的中央。定睛一看，發光的泡泡朝著澄尾聚集，拂過了手腳，停在身上跳動著，他卻痛苦地全身扭動。

他很痛苦嗎？真赭薄屏氣凝神地注視眼前的一切。

美麗夢幻般的時間一結束，真赭薄便像從白日夢中驚醒般回過神，發現自己仍在原本的岩石屋內。不過，呼吸明顯順暢了許多，空氣也變得清澈，甚至已經習以為常的燒傷腐臭味，竟然也完全消失了！

真赭薄一察覺到這件事，登時跳起來，她撥開依舊怔然原地的山內眾，衝向躺在山神和少女面前的澄尾。

她用顫抖的手掀開傷布，發現桃紅色的肉隆了起來，傷口不再冒出難聞的汁液，澄尾的呼吸也很平靜。她又拆開澄尾臉上的繃帶，發現雖然留下了傷痕，但臉上已不見痛苦的表情，只有平靜的熟睡臉龐。

終於脫離了險境！他得救了！當腦海中浮現這念頭時，真赭薄欣慰地淚流不止。

治好澄尾的並非山神，而是身為普通人類的少女。

不要說皇太子，就連完成這項奇蹟的少女本人，也無法相信剛才發生的事。然而，這是千真萬確，在場的所有人都是見證者。

雖然知道彼此語言不通，真赭薄在離開之前，好像夢囈般地不停說：「謝謝！謝謝！」少女感到困惑，也很惶恐。不過，山神看到少女發揮治癒的能力，比任何人更高興，祂圍著少女打轉，像天真的孩子一般蹦蹦跳跳。

當真赭薄準備返回山內時，山神不知道想到什麼，叫住了她。

「妳是否很感謝志帆？」山神倏然用流利的御內詞問道。

「呃，對。」真赭薄驚詫地水眸微瞠。

「妳打算回報志帆的恩情嗎？」

難道山神認為口頭道謝還不夠嗎？皇太子和山內眾紛紛警戒了起來。

真赭薄用力點了點頭，自己確實曾許諾過：「只要能救活澄尾，自己願意做任何事。」更何況，她並不覺得山神可怕。

「是的，我願意。」真赭薄毫不猶豫地回答。

「那從明日開始，妳到神域來照顧志帆。」山神喜不自勝，一派輕鬆地命令道。

「不行，我絕不同意。」明留臉色驟變，一次又一次重申。

真赭薄一行人回到〈紫苑寺〉，翹首引領他們歸來的人們，瞧見澄尾的傷勢大為好轉，起初都歡欣鼓舞，然則當真赭薄安頓好澄尾，打算返回神域時，明留錯愕得大驚失色。

真赭薄收拾好東西，轉身走向車場，明留快步追到院子，試圖阻止她。

「我原本就反對妳去神域，現在竟然還要搬去神域？簡直太荒謬了。」明留誇張地歎了口氣，煩心焦躁地說道：「山神不久前還是妖怪，難道妳忘了他曾殺害山內眾、慘殺茂丸和其他人嗎？只要稍有閃失惹怒了他，妳也會被殺的！」

「請務必三思，若需要有人服侍，我代替妳去。」菊野也睜大了雙眸，驚恐地說。

「是啊！姊姊根本沒必要去那裡，有很多人可代替妳的。」

真赭薄聽了胞弟的話，眉心微微一顰。

「是啊……的確有很多人能夠取代我。」

「既然這樣……」

「但是……我自認為任何人都無法取代我。」

無論別人怎麼勸說都無濟於事，因為這是她苦惱許久的問題，經過無數次煩惱，終於得到了結論。

「這不是『我能夠做什麼』，而是『我要做什麼』的問題。」

明留和菊野一臉茫然失措，似乎無法理解她的意思。

「不要強詞奪理，請認真面對現實，這是攸關性命的問題。」菊野心急如焚地叫嚷著。

「就是啊！殿下不也要妳不要多管閒事嗎？」

「是嗎？殿下現在也這麼想嗎？」

「不，情況已有了變化。」皇太子在真赭薄的注視下，輕輕搖首回答：「以目前的現狀，籠絡山神、讓神域安定，都比推翻山神更重要。在這件事上，真赭薄比我們更適任。」

真赭薄先前有勇無謀地要求前往神域，確實是不智的行為，但今非昔比。

明留清俊的臉上寫滿失望，急忙轉頭向其他人求助。

「你怎麼認為？」明留對著始終不發一語的雪哉，問道。

「既然是金烏的判斷，我沒有任何異議。」

雪哉漠然的回應中，完全沒有任何支持明留的要素。

明留仍舊不願罷休，正打算據理力爭時，從耳房那頭傳來了動靜。只見澄尾在侍女的攙扶下，拖著蹣跚步履走過來，他左手手肘以下和左腿膝蓋以下都已失去。

但是他還活著，而且也恢復了意識。到底有多久沒看到會動的澄尾了？

真赭薄親眼確認他已平安無事，頓覺卸下肩上的重擔。

「澄尾，你身體沒問題嗎？」皇太子俊眸一怔，憂心問道。

「誰要去神域？」澄尾不理會皇太子，情緒激動地啞聲責問，整個人看起來很有精神。

「我要去神域。」真赭薄緊抿紅唇，毅然地走到澄尾面前承認。

「……妳？」

為什麼？根本不需要這麼做！澄尾不禁疾聲嚷嚷。

「山神說，神域需要女人，現下違抗山神並非上策。」

「妳甚至不會變身啊！」澄尾滿臉絕望地吼道。

「那是多久以前的事啊！」真赭薄無奈地聳聳肩，說道：「自從我剪短頭髮後，我不但練習了變身，也學會了飛行。」

我完全能靠自己逃脫，也能承擔起傳令的工作。

「即使這樣……」

「我和你一樣，必須有人去做這件事。因為有需要，所以我才去。」

「妳可能會送命啊！」

「我當然明白。」

「既然這樣，我變成這副身體，根本沒有意義了啊！」

明留聽到澄尾悲鳴般的吼叫，臉上閃過一絲訝異。

真赭薄終於證實了自己的猜測沒有錯，在欽佩的同時，又感到十分憤怒。雖然之前很希望有機會能和澄尾好好聊聊，但眼前這個男人似乎很容易激怒自己。

「你們想要保護我們，我們也想要守護你們。」真赭薄平心靜氣地溫聲道：「這樣難道不行嗎？」

「所以要我對妳說，感謝為我們犧牲奉獻嗎？」澄尾皺緊了眉，無力地反駁：「我怎麼可能說這種話？」

「太奇怪了，你理所當然地做著同樣的事，現在輪到我來做卻又說這種話。」

澄尾聽聞倒吸了口氣，張著嘴欲言又止，卻什麼話也說不出來。

他無言以對的樣子，還真的有點可愛。真赭薄在內心如此思忖時，驀地傳來毅然清亮的好聽嗓音。

「這個女人還是這麼冥頑不靈，既然都這樣說了，就讓她去吧！」

真赭薄心跳不自覺加速起來，彷彿已許多未聽到這個聲音，竟有些懷念。

濱木綿邁著悠閒的步伐，從走廊暗處走了過來。平時挽起的秀髮披在肩上，似乎剛起身下床，肩上披了件她十分喜愛的藍紫色外褂，裡面穿著中衣。

濱木綿的眼眶些許泛紅，菊野似乎沒有發現，驚叫著跑了過來。

「櫻君！您怎能說這種話？」

「她已不是我的手下，她是死是活，都與我無關。」濱木綿冷酷地申明。

真赭薄抿咬著紅唇，儘管自己是自作自受，濱木綿的毫不留情，還是令她感到難過。

「所以，這不是我身為主子說的話，而是以朋友的立場，想對妳說的……」濱木綿凝視著她，柔聲道：「真赭薄，妳去吧！可以活得更像自己，用自己的雙手打造自己的命運，然後……一定要平安回來。」

「濱木綿！」真赭薄猛然仰起頭，情不自禁地喊叫出聲。

她快步跑向濱木綿，緊緊擁抱住她，濱木綿使勁地回抱她。

「感謝妳！我很抱歉，說了那些任性的話。」

「我才應該向妳道歉，請原諒我這麼固執。妳的幸福，是我最大的心願。」真赭薄抹掉淚水，破涕為笑。「若妳是男兒身，我一定嫁給妳。」

「真是太榮幸了。」濱木綿嫣然一笑。

「若我是男人，也希望能娶妳為妻。」真赭薄極其嚴肅地說。

「妳……」濱木綿一怔，頓時啞然無言。

除了濱木綿以外，應該只有菊野和皇太子能夠正確瞭解這句話的意思。

「濱木綿！」真赭薄為了避免被其他人聽到，湊到濱木綿的耳邊說道：「我們活著的意義，並非只有生孩子而已。」

真赭薄已找到自己的價值，她認為濱木綿就是濱木綿這件事，是最值得愛的理由。因此，在前往神域之前，無論如何，她都希望親口告訴濱木綿。

「感謝。」

濱木綿露出真赭薄從未見過的溫柔笑容，那微笑真美，比任何人更有女人味。

真赭薄鬆開濱木綿後，用力點點頭後，轉頭看向後方。

菊野發現真赭薄已不可能回心轉意後，絕望地哀號出聲，捂住了臉。

明留等人完全插不上話，在看到真赭薄和皇太子眼神交會後，毅然走向馬時，整個人霎時驚慌失措地衝向前。

「姊姊，求妳不要走。」明留惶恐地大叫。

「不要——！公主，拜託妳！」澄尾也失控地嚷道。

「這裡沒男人的事！」真赭薄調侃地將澄尾之前說過的話丟還給他，然後直勾勾地盯著神域，半晌後，下定決心說：「我走了。」

金烏乃所有八咫烏之父、之母。
任何時候，都必須帶著慈愛出現在子民面前。
無論面臨任何困難，都必須守護子民，教導子民。
金烏乃所有八咫烏之長。

摘自《大山大綱》貳「金烏」

第四章　困境

今晚的月亮特別圓亮。

長束盤腿而坐，凝視從小窗映照進來的皎潔月光，感慨良多。以前幾乎每天都能輕易看到月亮，自大地震之後，變得格外珍貴。

長束身為〈大寺院明鏡院〉的院主，來到大瀑布修禊淨身。

〈明鏡院〉和〈凌雲宮〉不同，是一座位在中央山高岡角落的寺院。一直以來，〈明鏡院〉都由宗家的出家人擔任院主，警備森嚴。不過，基本上任何人不拘身分都可前來參拜，當沒有其他管道，或是外地百姓想要陳情時，也能透過院主向朝廷請願。

最近雖然天氣漸漸好轉，由於長期日照不足，今夏的農作物嚴重歉收。

由於〈明鏡院〉的房舍並未在地震中倒塌，大地震剛發生時，曾作為避難所，煮食提供百姓溫飽。儘管大部分災民已經轉往凌雲山，因為歉收而難以生存的地方百姓，仍然不斷紛至沓來，盼望減免租稅。

除了向朝廷傳達百姓的陳情，為了安定民心，院主也必須驅除造成歉收的邪惡，同時向山神祈求豐收。平時長束都和神官在〈明鏡院〉的神壇前祈求，需要舉行大規模儀式時，都得先到大瀑布淨身。

顧名思義，大瀑布就是山內最大的瀑布，瀑布的水流下後，成為隔開中央山和城下町的谷川，流向中央門的橋下。長束必須獨自來此修禊，在大瀑布前的小屋內淨身一整天。

然而說實話，長束已對山神徹底失去信仰，自從山神傷害了皇弟，甚至就是造成山內危機狀況的元凶，虔誠信仰一事就顯得愚蠢至極。

即便長束該當在瀑布下的潭水旁，唸誦祈禱文一整晚，然則周圍也僅有護衛守在遠處，無人知曉他是否以正確的方式修禊。長束正打算將此事狠狠拋於腦後，進小屋歇息時，耳邊忽地傳來敲門聲。

照理說，在天亮之前都不會有人來打擾，只有路近和神官守在門外。但路近敲門不會如此斯文，神官則不敢敲門。

「是誰？」

「皇兄，是我。」

「奈月彥？」長束感到詫異，連忙開門。「發生什麼事了？」

「我只是想和你單獨聊聊，反正你應該也沒在唸祈禱文。」奈月彥斜睨著丟在一旁的修禊衣，舉起酒瓶問：「要不要試試這個？」

滿月猶如融化的金幣般懸在瀑布上方，月光彷彿為瀑布的水花蒙上一層紗，蒼白的夜色中浮現淡淡的彩虹。

「月色真美。」

「是啊！我剛才也這麼想。」長束為皇弟斟酒。

他們把原本用於儀式的平台當作看台，盤坐在那裡飲酒。瀑布近在眼前，巨大的落水重低音十分悅耳，傳入身體深處相當舒暢，吹拂在臉上的涼意很清爽，時間悠閒地流動。

路近站在他們皆可瞧見的位置，無意打擾他們。

長束發現，兄弟兩人已很久沒有像這樣單獨閒聊了。

「神域的情況如何？」

「目前真赭薄處理得很妥善，山神也較少召喚我。」

真赭薄去神域已有一段時間，自從澄尾治癒之後，眾人的態度也大為改變。

奈月彥當初決定改變殺害山神的方針時，眾人一度懷疑他瘋了。然而那天之後，山內的天氣逐漸晴朗，破洞也沒有繼續惡化，更不再收到出現神秘火的消息。

根據奈月彥的推論，這是由於即將成為妖怪的山神漸漸恢復原來樣貌的關係。照此下去，或許真的有希望能避免無謂的衝突，真是太振奮人心了。

「太厲害了！」長束語氣堅定地稱讚道：「真金烏的判斷果然沒錯，幸好當初相信你下的決定。」

「真是這樣嗎？」奈月彥一臉複雜地低喃道。

「什麼意思？」

「最近，我比以前更無法相信自己。」

長束輕覷著皇弟削瘦的俊顏，壓力理當減輕不少的他，卻露出煩惱不已的表情。

「之前只要在山內，下意識就會知道自己該做什麼。整頓朝廷、修補破洞，隨心所欲地行動，對山內就有幫助。」

一旦離開山內的瞬間，就完全摸不著頭緒。

「以前在山外遊學時，並沒有察覺到這件事。當然曾經也發生過無法像在山內時那麼得心應手的狀況，但即使做錯了什麼，也只是影響到自己而已。」

當禁門打開之後，所有情況都變得不一樣了。

「我沒有歷代金烏的記憶，身為真金烏，我極其不完整。」

奈月彥的話聲很微弱，幾乎被瀑布聲淹沒。

照理說，奈月彥在出生時，除了具備統治山內的能力，還會繼承從初代開始，歷代真金烏的記憶。然而，皇弟完全欠缺前幾世的記憶，也因此神祇官以「**他是否為真金烏？**」之由，要求暫緩即位。儘管大家都盡可能避談此事，記憶的問題卻讓皇弟無論是內心上，還是所處立場上，都飽受折磨。

「一旦選擇錯誤，八咫烏就會滅亡。」奈月彥沉痛的嗓音微顫。

自己欠缺明辨狀況的重要記憶，對於所下的判斷也缺乏確信。

「我很害怕。」

聽到皇弟吐露的脆弱，長束想起皇弟年幼病痛時無助的身影。

「即使記憶不完整又如何？你比任何八咫烏都懂得如何選擇正確的道路，不是嗎？」長東口氣堅定地正色道：「你並非無能為力，要對自己有自信！」

即便聽到皇兄如此鼓舞般的肯定，皇弟仍是一臉鬱悶不解的愁模樣。

「……皇兄，你認為真金烏的前身為何？」

面對突如其來的提問，讓長束嚥下原本想說出口的激勵。

「怎麼突然問這種問題？」

「我一直在思考，『真金烏』原本可能和『山神』差不多。」

繼承特別的力量和記憶，不斷地轉世換體。

奈月彥失去了始祖傳下來的記憶，山神也逐漸遺忘自己是「神明」這件事。由於失去了過往的記憶，開始迷失真正的自己，尊貴的山神逐漸淪落為吃人的妖怪。

「山神遺忘身為神明的自覺，開始變了質。我是否在不知不覺中，也會轉變成那樣。或許……現下就已出現問題……也說不定。」

此刻的奈月彥已無法判斷，這個太不尋常的推論。

長束無法說出不切實際的安慰話，只不過身為普通八咫烏的自己，又能說什麼呢？

「據說，需要名字，才能夠找回記憶。」

「名字……？」

「對，無論我和山神都一樣。」

山神和真金烏都是因為轉世換體、繼承記憶而永續存在，名字就是代表容納記憶的載體，避免忘記自己是誰的路標。

由於奈月彥和山神都將名字遺忘了，因此失去了記憶。反過來說，只要能夠找回以前的名字，應該就能回憶起失去的過往。

「在失去記憶之前，我應該還有其他名字，必須將它找尋出來。」

「有辦法找到嗎？」

「目前正透過天狗的協助尋覓中，只不過誰都無法預測會有怎樣的結果。」奈月彥說完，揚顎看著長束說：「現下已刻不容緩，因為外界已出現了英雄。」

「英雄——？那是什麼？」

「就是英雄，消滅妖怪的英雄神。」

名字雖不特別，但似乎也是神。

據說，英雄已為了推翻變成妖怪的山神，來到這座山。

「天狗說，這就是英雄的使命。」

一旦危害人類的妖怪出現，就會有肩負殲滅妖怪使命的新神出現。英雄便是嗅到日益墮落的山神氣味，不知從哪裡來到這座山。

「英雄告訴我們，必須先找回名字，才能尋回以前的記憶。反過來說，在山神徹底變成妖怪之前，英雄就無法消滅他。只要稍有閃失，山神變成了真正的妖怪，即使我們不做任何事，英雄也會將他覆滅。」

然而，英雄未必會協助八咫烏一族，而且即便山神漸漸淪為妖怪，至今為止，的確還是山神持續統治這座山。

「無法得知山神被新的神取代，神域崩潰的話，會對山內造成什麼影響。必須在此之前，讓我們的山神恢復原狀。」

長束默默無聲地凝望著下定悲壯決心的皇弟，他心痛得無計可施。

「拜託你別老說些讓我聽不懂的話。」長束刻意眉心擰成結，長吁口氣說道：「你突然提起這些事，我也難以理解。」

「是啊！抱歉。」奈月彥澀然地啞聲笑道：「不過就算你聽不懂，我還是想說給你聽。若哪天我不在時，山內發生了異變……屆時希望你心裡有個底，可能是神域發生狀況。」

長束忽覺皇弟說話的語氣，好似暗示自己將一去不回，不禁感到怔忡不安。

「即便你告訴我這些，一旦發生狀況，我能夠做的事也相當有限。」

「抱歉，讓你為難了，只是我無法在手下面前說這些喪氣話。」

「那倒是。」

尤其是關於神明的問題，雪哉等人和長束一樣束手無策。

特別是雪哉，他對迫在眉睫的威脅反應很敏感，但對於奈月彥遺失的記憶，以及神明相關的問題，似乎沒有任何興趣。而且雪哉個性有點冷淡，就算奈月彥向他訴苦，他可能也只會說：「請殿下努力設法解決。」

想到這裡，長束頓覺只要皇弟與自己聊天能放鬆心情，是否該多聽他訴苦呢？

兩個人陷入短暫的沉默，很自然地同時舉杯啜酒。

「……對了，皇兄，你幼年時希望長大之後做什麼？」

「怎麼會想問這種問題？」奈月彥問得太突然，長束一時之間答不上來。

「不必想得太深入，輕鬆回答就好。」

「即使你這麼說……既然出生在宗家，我從未想過自己未來要做什麼？若是出身中央的話，或許會做生意；如若出身地方，應該就是種田吧！」

「難道你沒有什麼期望嗎？」

「沒有，我覺得現在這樣最好。」

「這樣啊！」

長束看著皇弟頷首表示同意，越來越感到納悶。

「這個問題到底是怎麼回事？」長束忍不住蹙眉反問。

「抱歉、抱歉！不瞞你說，濱木綿有時會問我這些問題。」奈月彥放聲大笑。

「櫻君嗎？」

皇弟說，他的妻子一有時間，就會不停詢問他喜歡吃什麼食物？對什麼事會感到高興？這種無聊的問題。

「起初我的回答和你一樣，也不明白她為何想知道這些事，更不認為有必要花時間去思考。不過久而久之，我也開始稍微思量起這些小事。」

日嗣之子與正室竟然在聊這種事。長東不禁感到訝然，饒有興致想繼續聽下去。

「思量的結果如何？」

「嗯……」奈月彥漂亮的清眸眨了眨，停頓了半晌後，說道：「我仔細思考之後，發現自己似乎想當廚人。」

長束俊目一怔，無法理解皇弟滿臉嚴肅說出來的話。

「廚人……你是說，你想下廚做飯嗎？」無法置信的長束，有些結巴地說：「你，你是宗家之長吔！」

「雖然是這樣……」奈月彥顯得若無其事，繼續說道：「我以前在外界時，每餐都是自己下廚，根本沒什麼好奇怪。」

天狗到底讓他做了什麼？長東撫著額，感到有些頭疼。

「為何想當廚人……？」

即使不是真金烏，也有很多像樣的工作，他無法理解為何皇弟選擇這種打雜的工作？

「這不是很出色的工作嗎？」奈月彥眼神誠懇地說。

「哪裡出色？」

「人只要吃到美食，就會感到幸福。」奈月彥感慨萬千，輕歎道：「這是個很高尚的工作呢！」

長束聞言整個人啞然無言，兩人陷入了沉默，只聽到瀑布洩下的聲響，夜晚很寧靜。

長束終於明白皇弟想要表達的意思，心中竄起一股寒意。

「你該不會……對身為真金烏感到痛苦？」長束惴惴不安地問道。

「雖然不曾感到痛苦，」皇弟乾脆的回應中，閃過一絲痛楚。「但看到八咫烏因自己的關係，死傷慘重，內心還是十分沉痛。」

「這是……」

「說到底，統治者的工作，就是用高明的方式殺害百姓。」奈月彥頓時顯得冷酷漠然。

「有時，我對這種矛盾感到極度空虛。」

金烏也一樣，差別只在不須親自動手，卻得為自己殺害的百姓悲傷哀慟。

兩人又陷入了一陣沉默，長束好似挨了一記悶棍般，受到不少衝擊。

「……你，你是這麼看待真金烏嗎？我之前完全不知道……」長束吶吶地說。

「因為我之前從來沒提起過。」奈月彥淡然地回答。

皇弟比自己心思更細膩，也更善良。儘管思考假設性問題毫無意義，長東還是不禁思忖著，皇弟的性格或許並不適合成為真金烏。

「也許不該是你，而是由我成為真金烏……」

長東終於說出這句話，這是至今為止，他人不論是檯面上還是背地裡，不斷對他說的。

朝廷那些昏庸之輩根本不瞭解「何謂金烏？」逕自嘲笑皇弟是阿斗，一直慫恿長東，希望他能成為八咫烏族長。祖父曾經告訴長東，這種想法有多麼愚蠢，因此無論別人怎麼煽惑，他從來不曾有過這種想法，甚至根本沒有想過這種事。

沒想到皇弟聽了他的話，好像視為閒聊般地點點頭。

「也許吧！最後卻是我身為真金烏。」

「是啊！」長東也只能隨聲附和。

「抱歉，聊了這些奇怪的事，但很感謝你認真聆聽，我的心情輕鬆多了。」

奈月彥說著站起身，瀑布洩下帶來的風吹起他的髮絲，看起來像透明的金色。他的肌膚像陶瓷般白淨，含笑的俊眸能感受到，堅定的決心和達觀的態度。

皇弟俊美得英勇壯烈，同時極其可憐。

長束為自己覺得皇弟可憐感到訝然，他發覺這或許是皇弟第一次如此依賴自己。然而，自己的回應非但無法成為安慰，或許反而將皇弟逼入絕境。

長束感到懊惱，差一點想喊住皇弟離去的背影，最終他還是什麼也沒說出口。

自己應該對他說，若撐不下去，就放棄吧！

長束茫然若失地立在原地，愣怔地望著奈月彥與等在暗處的山內眾會合，騎馬逐漸遠去的身影。

「真是太驚訝了。」路近身輕如燕地走了過來，略感意外地說道：「原以為他是個無趣之人，沒想到現在變得有意思了。」

「你不要看好戲……」長束無力與路近抬槓，卻也對他突如其來的發言感到好奇，反問道：「你為何覺得奈月彥很無趣？」

「因為能夠輕易想像他會做出什麼選擇啊！」

他的選擇向來正確而死板，好像早就下了決定，就算觀察他，也能料想結果。

「他就像傀儡一樣，當然有人認為這樣很好，而我不喜歡。」路近大言不慚地斷言。

不要說奈月彥，路近即使對長束說話也毫不尊敬。

「然而，眼前混亂的局勢下，他終於萌生出自我，這件事實在太有趣了，我以前可能太小看皇太子。」

路近的反應簡直就像是小孩子發現了新玩具。

「等等……你的意思是指，皇弟開始猶豫了嗎？」

「也可以這麼說。」路近斜覷著長束面露焦急，露齒一笑說：「至於對您和山內來說，是否也是值得高興的事，則又另當別論了。」

「值得高興的事……」

有這種可能嗎？長束陷入沉吟。

「您是支持真金烏？還是支持皇弟？」路近挑了挑濃眉，痞樣地笑問。

「我……」

長束一時之間無法回應這個問題，抬頭瞥見路近一臉賊笑地窺視自己的反應，頓覺沒必要認真回答。

「……皇弟是金烏，這就是一切。」

「咦？就僅此而已？希望能一直行得通喔！」路近隨口應道。

長束對於路近挖苦的語氣感到刺耳，頑固的個性忍不住冒了出來。

「必須一直行得通，目前金烏的能力並不完全。」長束像是說服自己一般，口氣強硬地說：「既然這樣，我們就必須全力協助。」

並非只有自己主動願意為奈月彥處理檯面下的事，皇弟的親信在關鍵時刻，也不會有半點猶豫的。想到這裡，長束發現皇弟的頭號親信最近很少有引人注目的行動。

「雪哉最近在做什麼？」

雪哉的好友慘死，應該是傷心欲絕，但若不盡快振作輔佐皇弟，這就不妙了。

長束雖身為親王，卻被禁止踏入參謀總部。

就在真金烏忙於在神域和外界之間奔波之際，參謀也持續在執行任務，然則不知是誰下的令，參謀作戰會議上的內容完全不對外透露。當真金烏不在朝廷時，只有代理金烏能夠命令參謀總部公開相關訊息；代理金烏卻一如往常，關在〈凌雲宮〉內足不出戶。

目前山內看似風平浪靜，實則在地震發生後，山邊的神秘火越靠越近，地方也不安全。

「不知那些參謀對此事有何打算？」

路近聽了長束的話，似乎察覺到他內心的不安。

「……既然您不打算認真修禊……」路近摸著下巴，思量了片刻後，提議道：「要不，出一趟遠門？」

「出遠門？」

「不瞞您說，之前就希望能安排您與一個人見面。」

大地震之後，參謀總部召開會議決定新方針時，廣邀了知名軍師和兵法家一同討論。其中有一人和雪哉持相反意見，進而陷入孤立。

那人原本已離開前線，返回到地方，是參謀總部特地邀請他，卻因為直到最後，他都持續反對總部的決定，於是就以保密的理由，將他關了起來。

「他或許能告訴我們，那些參謀在想什麼？」

「需要如此大費周章，才能瞭解軍部的方針？直接問奈月彥不就得了。」

「若皇太子瞭解所有的情況，當然沒問題。」路近挑起濃眉，似乎話中有話。

長束聞言略怔，察覺出路近的語帶玄機。

「……你的意思是，某些事在奈月彥不知情的情況下被運作？」長束恍然大悟地反問。

「這就不得而知了。」路近意有所指地笑道：「只不過，觀察中央目前的情況，不難猜想那男人似乎是說了什麼，才被關起來。」

路近曾打算親自去確認，但參謀安排了看守，即使路近惡言相逼，看守也不為所動，因此想仰仗長束的威勢去摸底。

「被關起來的那人是誰？」

「您應該也認識。現在潦倒落魄，在不久之前，還被稱為山內最厲害的軍師。在勁草院時，被當時還是院生的雪哉打敗的輸家……」

路近停頓了一會兒，接著輕狂燦笑地說出那個男人的名字。

「他就是翠寬。」

「你這個下三濫，來這裡幹麼？」

隨著怒罵聲剛落，一個杯子從格子門內砸了過來，路近一甩袖子，輕鬆擋掉原本砸向他的茶杯。只見杯子應聲落地碎裂一片，深色的水漬在泥土地上擴散。

「你還是這麼有精神，真是太好了。」路近張狂地笑道：「先不說這個，你現在簡直就像在市集撒野被關起來的野狗。」

「你給我滾！」對方怒不可遏地喝斥。

格子門內的男人目露凶光，整個人顯得很神經質。他正是曾經擔任參謀，同時也是勁草院前教官的翠寬。

他身上穿著羽衣，臉色如土，頭髮凌亂，但這並非是受到惡劣對待所致。他原本端坐在書案前，一看到路近走進來，隨即跳了起來，順手操起案上的茶杯砸了過去。

這裡是勁草院內經過改建的草堂。房間內舖著榻榻米，窗邊放了張書案，室內窗明几淨；空間雖狹小，卻很難說是牢房。只不過，對外窗特別小，還安裝鐵格子門，以限制他的自由活動。

簡直就像是，對待身分高貴卻又犯了重罪的人。

「別激動嘛！今日並非只有我，還有一位貴人。」

「啊？」翠寬不耐地低吼，猛然瞧見站在路近身後默默無語的長束，冷諷道：「呦！原來是你的好朋友親王殿下，找我有何貴幹？」

翠寬問話的態度貌似彬彬有禮，實則倨傲不恭。

長束不由得有些止步，完全沒料到他竟是如此粗魯無禮。印象中還在勁草院擔任院士的他，剛正不阿，沒有絲毫不得志的樣貌。

「被雪哉打敗後經歷的風霜，讓他變得如此自棄嗎？」長束納悶地喃喃自語。

路近聞言，噗哧一聲放聲大笑。

「他無論出身、成長環境都不好，說話也不中聽，個性更是差勁！」路近樂不可支地揶揄道：「他在我面前一直都是這副德性。」

一陣嘲弄後，路近對著滿臉慍色的翠寬瞇起虎眼。

「我太瞭解你了，你一定又不識相地與雪哉起爭執，結果又以慘敗收場。人家可是軍事元帥大將軍的孫子，現任的參謀，形勢本來就對你很不利。」路近不斷朝著翠寬的怒氣火上澆油。「我猜想，你必定是無法忍氣吞聲，簡直蠢到令人感動。你和他正面衝突，根本就是白費了之前辛苦建立的一切。看來，你受到莫大的屈辱吧！」

翠寬聽了路近這番幸災樂禍的奚落，乍然收起前一刻的激動。

「託你的福，我早習慣這種屈辱。」翠寬不以為然地冷然道：「而且本來就須要有人提出反對意見。」

「……你在參謀總部是因為哪件事，與他們意見對立？」長束疑惑地問道。

「在防衛的方針上意見分歧。」翠寬發自內心感到無趣地回答：「我主張比起在意山神引發地震，更考量到猿猴的攻擊，應該放棄中央。」

在翠寬加入討論時，大部分的意見都已定案。縱使有其他與翠寬持相同意見的人，也因顧忌北家大將軍，並沒有公開表示反對。

「他們說，無法放棄中央，因為宮烏不可能答應。」

「確實不可能輕易放棄中央啊！」長束錯愕地問道：「現下才剛完全遷移至凌雲宮，何況目前已經收到報告，地方的破洞更大了，無論逃去哪裡，不都一樣嗎？」

「無稽之談！請您動點腦再發表意見，怎麼可能一樣？」翠寬語帶輕蔑地駁斥。

翠寬光著腳，走過了泥土地，隔著鐵格子門，站在長束面前。長束的個子稍微比翠寬高，翠寬傲慢地抱起雙臂，兩人相對時完全感受不到身高的差距。

「您聽好了，山崩地裂是發生在整個山內的天災，但猿猴的攻擊不一樣，那是可以藉由作戰方針避免的人禍。」翠寬仰頭怒瞪長束。「遠離肉眼可見的危險，不要聚集在同一個地方，盡可能讓百姓分散。您竟然不瞭解其中的差異，將兩者相提並論。看來即使腦袋不靈光，也能當明鏡院的院主，我勸您從頭好好學起吧！」

翠寬說話的語氣簡直就像在數落學生，長束不由得火冒三丈，這也許是自己有生以來，第一次有人對他如此無禮。

「無論是雪哉，或是大將軍都瞭解這件事。正因為瞭解，才會選擇在凌雲宮建造要塞，將婦幼和要員安置在那裡。我認為這是最糟的方法，但那小鬼卻認為是最佳方案。」翠寬斬釘截鐵地說完，露出蔑視的眼神睨著長束。「……你八成也認為是最佳方案。」

長束脊背一僵，一時無法理解這句話的意思。

「果然是這樣，我猜對了。」路近點了點頭說道。

「既然你猜到了，可見也是半斤八兩。」

翠寬和路近雖然惡言相向，雙方顯然明瞭彼此的言下之意，只有長束搞不清楚狀況。

「這是怎麼回事？快說清楚！」長束迫不及待地大聲質問。

就在此時，一個輕柔溫潤的嗓音突地揚起。

「就連皇太子殿下也不知的事，怎能輕易告訴別人？」

長束訝然回首，只見一道年輕男子的黑影站在月光下。

「長束親王，我們正在為山內努力，您怎能做出這種事呢？」

黑影說話的語氣平靜無波，瞇起的眼眸卻絲毫沒有笑意。

是雪哉，他似乎接到看守的報告後趕了過來。

「你，你到底在打什麼主意？」長束有些忌憚雪哉的氣勢。

「這話也講得太難聽了。」雪哉皮笑肉不笑地說：「我不知道那位院士對您說了什麼，不過我絕對不會做任何對山內不利的事。」

混帳東西！翠寬在背後低聲暗罵，雪哉選擇無視。

「話說回來，既然是長束親王想探聽，我認為讓您知曉也無妨，相信您必能理解。請跟我來。」

雪哉說完，側身示意長束離開草房。接著，他被帶到雪哉身為教官使用的房間，而治真帶著雪哉的手下，全副武裝站成一排守在外頭。

長束無法馬上領悟雪哉向他說明的狀況。

「奈月彥若知道這件事會說什麼？他絕不可能同意的！」

「對，沒錯。」站在長束面前的雪哉，依舊笑臉迎人。「但這不就是殿下因『真金烏』的本能，導致在不冷靜狀態下做出的判斷嗎？」

長束聽了這句話，把反駁嚥了回去，他認為雪哉的意見的確有道理，腦海中浮現奈月彥方才在他面前流露出的苦惱。

金烏基於本能，無法親手奪走八咫烏的生命。

對於犯下重罪之人判處死刑時，奈月彥能任命司法官做出此判決，卻無法親手制裁。

「真金烏已做出『交由我來判斷』的決定。」雪哉說著走到長束身後，雙手輕拍他的肩膀。「長束親王，我相信您應該充分瞭解其中的意義，是不？」

雪哉探頭盯著長束的臉，雙眼笑彎成貓爪般的半圓形。

真金烏的存在，明顯有欺騙和矛盾。正因為如此，真金烏將軍事上的判斷，交給自己最信賴的親信。

長束透過油燈微弱的燈光，斜睨著雪哉。

雪哉以前曾經公開表示，並不打算效忠奈月彥，最終被說服成為奈月彥的近臣。長束當時認為雪哉和北家之間的關係，非常有利用價值。然而，奈月彥一開始賞識的是雪哉的能力以及信念，他曾多次透露，希望雪哉能夠自願追隨自己。

現在回想起來，也許奈月彥當初就預料到，日後雪哉能彌補自己不足之處。

「我明白保守秘密是痛苦的選擇。」雪哉語氣親暱地說道：「對親王而言，守護真金烏才是第一要務，不是嗎？」

雪哉目不轉睛地凝視著長束，確信他必定會答應。

全被他玩弄於股掌之間嗎？

長束不甘心輕易如雪哉所願，但他說的話確實直搗核心。

雪哉看著沉思低吟的長束，再次輕笑了起來。

「啊啊——！感謝您。」

長束面對神色自若的雪哉，無奈地闔上雙眼。

混帳東西！長束耳邊倏地響起，翠寬忿忿的怒叱聲。

真赭薄在神域的生活比想像中更安穩。

志帆為山神取了「椿」這個名字。

志帆原本只是個普通女孩，待在神域時，擁有了神奇的力量。據皇太子所言，那是因為她萌生身為山神母親的自覺使然。

在共同生活期間，真赭薄向志帆學習外界的語言。隨著能夠簡單溝通後，她發現志帆並非假裝，或是受到威脅，而是發自內心疼愛椿。

志帆的外祖母還留在人界，曾經來到神域旁，試圖想把志帆帶回去。真赭薄當時很擔心她會棄椿而去，沒想到她很乾脆地拒絕了外祖母，再度回到椿的身邊。而後志帆若無其事地繼續在神域生活，她會親自為椿下廚煮食，並要求椿幫忙。真赭薄則協助志帆下廚和洗衣，也漸漸對她產生了親近感。

椿對真赭薄的態度，即使不像對待志帆般的尊敬，但也很紳士。志帆從外界帶來一隻名叫莫莫的小狗，也一起住在神域，椿十分疼愛那隻小狗。

真赭薄有時會忘記，這個俊美的少年曾經殘殺八咫烏。即便椿會展現出神的任性和自由，真赭薄卻覺得他本質上還是個孩子。

椿並非難以理解的對象，既然如此，一定是基於什麼理由，才會對八咫烏產生敵意。若椿以前真的是和八咫烏一起來到此地的山神，照理說，山神會持續變化，那麼椿也可能變回八咫烏的山神。

真赭薄知道自己能做的事並不多，如今就是專心扶助志帆，養育山神長大。

真赭薄在出入神域和外界辦事之後，有了新的發現——八咫烏在山內、神域和外界時，變身的條件完全不同。

八咫烏同時具有模仿人類外形的人形，和三隻腳大烏鴉的鳥形，變身時需要耗費極大的氣力。在山內時，必須借助太陽的力量，因此只有白天能夠變身。此外，從山邊或是結界的破洞來到外界時，無論當下是鳥形還是人形，都會變成只有兩隻腳的小烏鴉。若八咫烏從朱雀門前往外界的話，便能維持人形。

只不過，在外界無論再怎麼努力，都無法變身，從神域前往外界時也相同；無論是哪一種情況，都無法在外界變身。若想維持鳥形前往外界，雖然仍保有三隻腳，但身體會縮成和普通烏鴉相同的大小。

真赭薄還發現，在神域無論白天或晚上隨時都能變身，而且幾乎不會感到疲累。她並不瞭解其中有何因素，不過當皇太子聽到這件事時，卻滿臉震驚。

真金烏沒有這種限制，隨時隨地都能自由變身，所以先前始終沒有察覺到，在山內以外的地方變身會受到各種限制。

此時，皇太子正和天狗在一起，傾全力尋找山神以前的名字。

「寶君呢？」

在山神和志帆都已安然入睡後，奈月彥才從外界回到神域。

最近，真赭薄每晚都會向皇太子報告當天發生的事，皇太子也會把與天狗一同調查的情況告訴她。

「已經歇息了。」

「這樣啊！」

奈月彥看似有些頹唐，真赭薄將他請到她所居住的岩石屋，遞給他一杯水。

皇太子根據山神和金烏「從外界來到山內」的傳說，正著手調查以前的人類是如何稱呼山神。

「在外界有查到什麼嗎？」

「聽說志帆大人自從成為山神母親，具有特殊能力後，開始會做一些不可思議的夢。」

志帆在夢中被稱為〈玉依姬〉。

「玉依姬是什麼？」

「是神的名字。應該說，是一種屬性。在外界，被認為是神化的巫女，大部分是神明的妻子，或是神明的母親。因此被人類視為保佑送子、安產和保護幼孩的神，加以信仰。」

「這樣啊！」

真赭薄認為這個名字，很適合目前正在養育椿的志帆。

「不過，有時也會成為神的專有名字。我們認為這座山的玉依姬，真正身分是賀茂的玉依姬。」

外界流傳著丹塗箭傳說——玉依姬在河邊玩耍，撿回一支紅色的箭，沒多久便懷了身孕。後來玉依姬順利產下男孩，她父親想知道是誰讓女兒懷孕，於是把酒遞給男孩，說道：

「拿去給你父親喝。」沒想到男孩穿破屋頂，飛向空中。

「有人認為賀茂玉依姬的父親，就是八咫烏的化身；也有一說認為，化成丹塗箭的神，目前被供在日吉大社*祭拜。」

日吉大社同時供奉了賀茂的玉依姬，和玉依姬的父親，其真正身分被認為是八咫烏的神。而日吉大社的神使，是被稱為神猿的猿猴。

「天狗猜想，這座山以前可能是日吉大社的分社。在一百年前不知發生了什麼事，玉依姬成為活供，山神忘卻了名字進而異變，神猿變得凶殘，八咫烏逃進山內……」

「所以椿神的真面目，是那個小孩神嗎？」真赭薄螓首微歪問道。

「天狗認為是賀茂別雷神*。」

「而真金烏的名字，就是玉依姬的父親……賀茂……？」

「……賀茂建角身神*，這也是天狗的推測。」皇太子低醇的嗓音越說越微弱。

真赭薄不由得蹙起秀眉，心底倏忽閃過一個念頭。

「皇太子殿下，當您被叫那個賀茂什麼的名字之後，有恢復記憶嗎？」

皇太子無言以對，罕見的懊惱之情，悄悄爬上他清俊眉間。

真赭薄見狀，心中暗忖：果然不出所料，皇太子並未找回遺失的記憶。

「真是這樣嗎？」真赭薄毫不掩飾內心的不信任。

皇太子曾說，他和天狗都認為，只要尋回原本的名字，真金烏就能找回記憶。真赭薄不太瞭解神和名字之間，到底是否有這樣的牽連？不過，剛才皇太子的那番話，令她更加困惑。

皇太子冷肅的俊臉閃過一絲為難，似乎覺得她那壺不開提那壺。

「老實說，吾也尚未釐清疑點，問題是已沒時間慢慢弄明白。」皇太子略顯煩躁地說：「總之，吾打算明天向山神說明，觀察一下他的反應。」

「您說『已沒時間慢慢弄明白』是什麼意思？」真赭薄一臉狐疑地睇視著皇太子，反問：「發生什麼事了嗎？」

皇太子脊背一僵，似乎在思考該告訴她多少實情。

＊注：日吉大社，約二一〇〇年前建於滋賀縣比叡山的山腳，被視為都城避邪、防止災難的神社，被稱作「神猿」的猴子是神明使者，也是驅魔的象徵。

＊注：賀茂別雷神，為日本神道之神祇，該神祇在《古事記》及《日本書記》神話中並未出現，神名中「別」乃分開之意，是「擁有將雷分開之力量」的神祇，卻不是雷神。

「事到如今，請不要隱瞞我。」真赭薄明確地表達自己的立場。「若發生什麼事，我也必須做好心理準備。」

「有道理。」皇太子頷首認同，他環顧四周，確認猿猴沒在附近後，低聲說道：「消滅妖怪的英雄，已來到這座山。」

「消滅妖怪的……英雄？」真赭薄一時之間無法理解。

「由於山神和猿猴在這座山上吃了人，因此出現打算消滅他們的神明。」皇太子歎著氣說道：「之所以這樣，吾才會如此著急。」

若山神無法徹底變回山之神，椿很可能會被視為妖怪，遭到英雄消滅。

「怎麼會這樣？」真赭薄不禁感到憤慨，輕嚷道：「椿神已不是妖怪了！」

「椿的確因為志帆大人和妳，慢慢變回了山神，只是可能還不夠完整。」

或許會藉由一點小事，又立刻變回妖怪，這樣絕對不行。

「希望能盡快尋回他身為神的名字，讓他成為完整的神……」

皇太子的話說到此，便停頓下來。

然而，真赭薄心底並不認為只要知道神的名字，就能解決所有問題。

果不其然，真赭薄猜對了。

隔天早晨，當皇太子向椿提起「以前的名字」時，椿的反應並不理想。

「……我覺得不太好。」

就在真赭薄思緒混亂、心不在焉地備菜時，一旁的志帆突然用御內詞對她說話。

「志帆大人，您會說我們的話？何時學會的？」真赭薄訝然問道。

「因為想和妳說話，便學了幾句。」志帆抿唇一笑說完，故意用力歎了口氣。「奈月彥真令人傷腦筋，即使知道了名字，也不可能馬上恢復原來的樣子。」

「……我也有同感。」

說句心裡話，真赭薄並不認為皇太子和天狗一起「尋找名字」這件事很重要。

真赭薄表達自己的想法後，志帆露出欣喜的燦笑。

「英雄所見略同，名字代表了認識本身，只是幾個字連在一起，就讓原本肉眼無法看見

＊注：賀茂建角身神，日本神話傳說中的神祇之一。山城地方賀茂氏的祖神，在《姓氏錄》和《古語拾遺》中，擔任神武帝東征先導的八咫烏之神。

的歷史有了實體。」志帆悅耳嗓音柔聲道：「所以光靠名字是不可行的，必須具備『那確實就是自己』的自覺。烏鴉和天狗不瞭解這件事，真是遺憾。」

「請問……？」真赭薄終於感到那裡不太對勁。

若只是稍微學了幾句，有辦法用御內詞說出如此深奥的內容嗎？

真赭薄凝視志帆低頭切菜的模樣，明明與平時沒有兩樣。

「志帆大人，您是從何時開始學御內詞？」

志帆聞言抬起頭，詫異地側著腦袋，像是完全聽不懂真赭薄說的話。

不知過了多久，某一天，椿和志帆正在神域戲水。

巨猿帶來的消息，讓平靜的午後時光在轉眼之間變成了戰場。

由於巨猿說的是外界的語言，真赭薄不知究竟說了什麼，讓志帆聽了之後臉色驟變，接著就和椿爭執起來。真赭薄感到不知所措，眼睜睜看著椿的情緒越來越激動。

驀然，椿的臉慢慢變了樣，眼睛漸漸失去朝氣，原本整齊的牙齒變成又長又髒的犬牙，白淨細嫩的臉上也出現許多皺紋，看起來像是猿猴或是老人。原本一頭富有光澤的柔順銀髮，也隨著他的怒氣變成了暗灰色，每一根頭髮都像憤怒的蛇，在他的臉孔周圍狂舞。

他仰頭狠狠瞪視著志帆，顯然已不是真赭薄認識的椿了。

他變成了妖怪。真赭薄不由得環抱身體踉蹌地往後退。

奈月彥嘗試安撫椿的情緒，但椿仍舊怒不可遏，最後甚至下令巨猿把志帆帶走。

莫莫追了上去，山神也離開了，只剩下真赭薄和奈月彥兩人。

「怎麼辦？志帆，志帆大人會被巨猿殺了！」

「冷靜！妳不要著急。」奈月彥眉頭深鎖地安慰道：「山神只是下令將她關起來，並未說要殺她。」

方才氣氛還那麼和樂，沒想到剎那間情況就完全失控。

「為何會變成這樣……？」真赭薄欲哭無淚。

「因為志帆大人的外祖母病倒了。」

真赭薄聞言，倒抽了一口氣。

志帆的外祖母從人界來到這裡，想把志帆帶回去。雖然志帆冷淡拒絕，但聽說她並沒有放棄，繼續留在天狗家中。

「說是病倒了，不知是否有機會康復？」

志帆從巨猿口中得知這個消息後，向椿提出想去探視外祖母。椿懷疑她會一去不回，所以暴跳如雷，拒絕了她的要求。

真赭薄對此難以理解。

「志帆大人很愛山神，她一定會回來。」

「吾也這麼認為，只是現下無論說什麼都無濟於事。」

真赭薄想起外形已完全變成妖怪的椿，不禁感到毛骨悚然。

「您接下來打算怎麼做？」

現在與之前的情況已全然不同。

「現在放棄為時過早，等一下吾再去規勸他。」奈月彥平靜地說：「對山神並不是一味感到害怕，山神冷靜之後，應該願意傾聽吾的意見。」

還有希望的……。奈月彥低喃著，斂著精光的瞳眸閃過一絲陰霾。

「啊啊！原來如此，吾的確錯了。」

之前奈月彥在努力找回名字時，志帆曾經勸告過他：若只是找出以前的名字，也許並無太大的意義，必須認真面對山神的心。

事實上，縱使奈月彥說出可能是山神以前的名字，山神也無動於衷，然則稍微的爭執，卻讓山神的外形妖怪化。看來只能靠到目前為止與山神之間所建立的信賴關係，才有可能讓他再度恢復山神的模樣。

奈月彥終於意識到自己之前想錯了。

真赭薄不打算安慰面色凝重的奈月彥，她已沒時間後悔，現下還有很多該做的事。

「殿下，椿神就交給您了，我去探視志帆大人的情況。」

「妳要去猿猴的領域嗎？」

「若她被關在洞穴深處，我擔心她身體撐不住，至少送些保暖的衣物過去。」

奈月彥猶豫片刻後，勉強頷首同意。

「目前神域很不穩定，妳千萬要小心。」

真赭薄帶著食物、志帆的上衣，以及奈月彥從外界帶回來的布毯，走向猿猴的領域。她費了很大的工夫，才找到志帆所在的岩石屋。

真赭薄在黑暗的洞穴中摸索，但無論走到哪裡，都被巨猿的手下擋住去路。即使詢問志帆的所在處，他們也只是冷漠地看過來，甚至不知他們是否聽得懂真赭薄說的話。

真赭薄不清楚遭到阻擋、無法進入的領域到底有什麼？那裡八成是猿猴的巢穴，不知規模有多大，也不知巨猿到底有多少手下？

志帆若在山內眾與皇太子都無法進入的區域，自己可能也無法找到她的下落。真赭薄在洞穴內繞來繞去，四處徘徊打轉，終於來到一個能隱約聽到啜泣聲的地方。只不過，那裡有猿猴守備著。

猿猴不發一語地攔住真赭薄。

「我不會做任何對你們不利的事，只是岩石屋內很寒冷，至少讓我把這些東西送給志帆大人，拜託你們。」

真赭薄一再懇求，猿猴仍怒目威嚇，她也不可能硬闖進去。

真赭薄為此傷透腦筋，正當不知如何是好……

陡然間，巨猿微駝著背，緩緩自那幾個猿猴身後出現。
「什麼事？」
真赭薄大吃一驚，卻不想被巨猿察覺自己的畏懼，她挺起胸膛面對牠。
「我為志帆大人帶了上衣，女人的身體千萬不能著涼。」
巨猿目不轉睛地盯著她。
滴答！不知哪裡傳來水滴落下的聲響。洞穴內光線昏暗，放在岩壁凹陷處的油碟，是唯一的光源。在如此昏暗的光線下，依然能瞧見巨猿那雙圓亮的大眼，閃著沒有感情的金光。
真赭薄以為巨猿會將她趕走，沒想到牠冷嗤一聲，為她讓了路。
「好吧！妳進來。」
「可以嗎？」真赭薄訝然問道。
「妳一個人進去沒問題。」巨猿冷漠地回答，聽不出話中的含意。
真赭薄凝神注視著巨猿，雖然沒有和巨猿好好說過話，但她覺得巨猿對志帆談不上善待，卻也沒有刁難。
在神域生活多日，對巨猿是妖怪的印象，並沒有改變。只不過，真赭薄隱約覺得……當奈月彥不在時，巨猿似乎比較通情達理。

「……感謝。」真赭薄說完，默默快步經過巨猿身旁。

志帆被關在一間小岩石屋內，入口裝了格子門，莫莫趴在志帆的腳下。岩石屋內寒氣逼人，空間十分狹小，無論是地面或是牆壁都很堅硬，根本不適合長時間生活。

志帆將臉埋在膝蓋中哭泣，真赭薄通過格子門伸手進去，把布毯和上衣披在她身上。

志帆哭累後睡著了，真赭薄也起身離開猿猴的領域，接著她直接走去椿的寢房。

皇太子勸說椿是否順利？真赭薄感到惶惶不安，至少已聽不見雷鳴聲。

她躲在石壁後方，忐忑地向房間內張望，陡然瞧見一頭閃亮動人白髮的年輕人。

「真赭，有什麼事嗎？」

這個人是誰？真赭薄一時心生警戒，但隨即卸下了心防。

即使聲音和外表都完全改變了，她還是察覺到眼前這個年輕人，就是椿。

「志帆大人已在岩石屋內歇息了。」真赭薄躬身行禮說道。

「這樣啊……那我該走了。」山神低喃著，在真赭薄走進寢房的同時走了出去。

真赭薄將視線移回室內，只見皇太子陰鬱地抱著頭。

「您還好嗎？到底發生了什麼事？」真赭薄慌忙跑到皇太子身邊。

椿剛才的態度，還以為談判很順利，皇太子的神情卻十分冷肅。

「我想起來了，我想起過去曾經發生了什麼事，以及為何我們會住在山內……」皇太子步履踉蹌，真赭薄急忙上前攙扶著他。「山內以前是山神大人的莊園。」

「莊園……？」

「山神大人來到這座山之前是偉大的神，擁有比現在更大的神殿。每逢祭祀，都需要不計其數的供品，在外界各地都有為祂準備獻供的領地。由於某種原因，這位神明隻身來到這座山，當然也就失去那些供品的供給。為了補充供品的不足，祂在山中創造了一個異世界，作為自己新莊園。

「那就是山內。」

接著，就需要能在莊園這個異世界裡，耕田、狩獵、織布和張羅供品的神職人員。

「山神讓以神的使者身分來到這座山的八咫烏，能夠以人形現身。」

代替在外界的神職人員。

真赭薄腦海中浮現了山內知名傳說中的一段內容。

「山神降臨此地之際，山峰湧出清泉，樹上即刻百花齊放，稻穗結實飽滿地垂了下來……？」

目前在山內稱為四領的東南西北各地名產中，最頂級的都會送往中央。在禁門被封印之後，八咫烏族長與身邊的人享用的頂級品，也許就是原本要進貢給神域山神的供品。

山內原本是山神的莊園，八咫烏為了能夠為山神準備進貢神饌、神酒、獻上幣帛、奉獻神樂，所以能以人形現身。

果真如此就可以解釋，為何逃離莊園的烏鴉無法再以人形現身。因為一旦擅自離開山內，就被視為主動放棄身為神職人員的使命，變身能力也會遭到沒收。

「一百年前，吾為了保護自己的眷屬，決定放棄使命。」奈月彥深歎一口氣，雙手捂住自己的臉。「封印了連結山內和神域的禁門。」

「無論如何，很高興您找回了記憶。」

「是啊……」

皇太子整個人看起來疲憊不堪，真赭薄情不自禁地用溫柔的語氣安慰著，只是他依舊深鎖眉心，直勾勾地凝睇著半空。

「吾之前的確是追隨山神的神使……」皇太子若有所思地低喃道：「和擁有巨大力量的山神來到此地，後來覺得無法再繼續下去……」

因此關閉了禁門，不顧一切地保護八咫烏和自己的眷屬。

皇太子不斷喃喃自語，好像在向誰辯解似的，下一秒，他猛然抬起頭。

「不，等一下！」他傻目厲瞠，腦門發麻。「不行！怎麼會這樣？不對，還不完整！」

「殿下？」

到底什麼不完整？真赭薄困惑不已。

「吾只想起那時候的事而已！」皇太子轉頭看著她，嗓音略啞道。

一百年前，那律彥對山神感到失望，認為這樣下去不可行，在極度灰心之下封印了禁門——皇太子也只想起得這些。

「那律彥知道山神曾經擁有巨大的力量。」皇太子面露惱色地說：「而自己是追隨山神來到這裡，他明明具有這樣的自覺。」

那律彥當然很清楚山內是因山神而存在，只不過他明知這件事，仍將山神和八咫烏放在天秤上衡量，最後選擇了保護眷屬。

「以前吾記得這些事，但是……現在卻想不起當初來這座山的過程，以及當時他人是怎麼稱呼吾。」

真赭薄看著皇太子渙散的眼神，不由得心生恐懼。

「殿下，請您鎮定。」

「為什麼？」皇太子心緒紛亂地以手撫著額頭，惡聲惡氣地說：「為何事到如今，吾還是想不起其他重要的事！」

事情尚未結束呢！真赭薄彷彿聽到有個聲音，從遠處嘲諷著陷入苦惱的皇太子。

「吾到底是誰？」皇太子心灰意冷地自問。

真赭薄怔住，頓口無言。

當天際剛現魚肚白，椿從志帆那裡回來，皇太子暫時返回山內，只有真赭薄迎接他。

「讓妳擔心了，現下已沒事。」椿眉開眼笑地說。

經過一晚的折騰，椿像是擺脫附身的妖怪，一臉神清氣爽，再加上外表變成了年輕人，與昨天之前整天纏著志帆撒嬌的模樣相比，如今渾身散發出沉穩的感覺。

雖然不知道椿和志帆談了什麼，兩人似乎已和解，真赭薄暗自鬆了一口氣。

然而，當她聽說志帆要獨自前往外界時，忍不住焦急起來。

椿准許志帆去村莊為外祖母送終，他展現出前所未有的寬容令人欣慰，但只有莫莫能陪伴志帆一同前往。

「椿神，我是否也能去外界？」

「好，沒問題！」

真赭薄徵求椿的同意後，急忙變身起飛，當她通過隔開神域和外界的鳥居上方時，全身被莫名的力量驟然勒緊，下一秒，她感覺到自己的身體縮小了。外界的空氣很沉重，難以飛行，不過她很快就追上從陸地走回村莊的志帆。

志帆正沿著湖畔步行，為了避免跟丟，真赭薄在她頭頂上方緩緩盤旋。接著志帆轉身走進樹林，由於視線不佳真赭薄降低了高度，在樹枝之間飛行，留意避免撞到樹木。志帆腳下有一隻白色小狗，似乎對於能到外界散步樂在其中。

驀地，小狗停下腳步，抬起了頭，順著小狗的視線望去，那裡站著一個人。那是一名穿著黑色衣服的少女，個子矮小，年約七歲左右，頭上紮了兩根辮子，手中拿著鮮豔的紅色紫茉莉。這是真赭薄第一次見到志帆以外的人類。

她是志帆大人的朋友嗎？真赭薄躲在樹葉之間張望。

就在這時，少女倏地叫嚷了起來，一名少年聽到叫聲後快步趕來，不由分說地朝著志帆揮拳。少女繼續尖叫，其他人也紛紛聚集過來，他們個個驚慌失措，不理會想要解釋的志帆，粗暴地痛毆她。

事出突然，真赭薄驚愕地瞠大杏眼，一時之間說不出話來。

糟糕，出事了！真赭薄正想衝出去幫忙，察覺到自己現下只是隻小烏鴉。**無論如何，必須先趕回去討救兵。**她急忙從樹梢起飛，迅速衝回神域。**為什麼同是人類，那些人要如此傷害志帆？**她完全無法理解，由於太過擔憂志帆會被人類打死，她暫且放下內心的疑惑，用盡全力拍動翅膀。

不一會，她看到椿、皇太子和一道陌生的人影站在紅色鳥居內，氣氛似乎不尋常；不過現下她已無暇顧及這些。一進入神域後，她立刻變身趴倒在椿的腳下，才正想張嘴發聲，咳意就湧上喉嚨，即便想說話，也發不出聲音。

「真赭！到底發生什麼事？」皇太子神情焦切地問。

「志帆大人，志帆大人被村民……」真赭薄困難地嚥下血腥味的唾沫，嘶喊道。

椿聞言一僵，順著真赭薄手指的方向望去，雙目暴睜。

「志帆……」椿茫然地瘖啞低喃。

陡然間，後方傳來一道聽起來很愉悅的訕笑聲。

「真可憐啊！可惜已經來不及了。」

這話聲才剛落，就聽到震耳欲聾的巨響，巨大的光柱連結天地之間。

強烈的衝擊讓真赭薄尖叫一聲俯臥在地，刺眼亮光令她頭暈目眩，整個人抱頭縮成一團。等到她再次看清眼前的景象時，整個人嚇得呆愣在原地。

只見一條巨龍渾身迸發閃電，正朝著湖的方向飛去。

「山神大人，不行！」

奈月彥失聲驚吼，隨即變身成鳥形，衝向天空緊追在山神之後。

巨大龍身翻騰的天空，瞬間烏雲密佈出現無數刺目的閃光，陽光已不見蹤影，只能勉強從雲的縫隙中看見凶暴的龍。落雷不斷，震耳欲聾，銀白色光線破空而出，彷彿下起光雨。

真赭薄驚恐萬分，渾身發顫，此時皇太子身影也已消失在天際。

「殿下……」她顫抖的嗓音帶著慌亂，完全被雷聲給淹沒。

在如此危急的當下，不可思議的是，她清楚聽到了那個聲音——

「好了，絆腳石終於離開了。」

即便狂風怒吼，仍清晰可辨。

真赭薄猛然回頭，赫然發現巨猿高大的身影出現在暗處，她這才意識到，那句「來不及了」的說話聲，就是牠。

巨猿似乎心情很好，露出意味深長的笑意。

「時機差不多了。」

真赭薄還來不及多加思考，驟然出現有好幾隻目露凶光的猿猴，從洞穴深處走出來。每隻猿猴淌著口水，直勾勾地盯著她。

「啊？」她嬌軀一僵，杏眸懼然瞠大，顫聲道：「你，你們要做什麼……？」

巨猿斜睨著真赭薄跌跌撞撞地往後退，張狂地咧嘴大笑，片刻後，混濁瞳孔精光一閃。

「上！」巨猿凶狠地瞇起雙眼，下令道。

猿猴們一聽令，立刻拱背四肢伏地，朝向真赭薄撲咬過來。猿猴興奮的叫聲刺穿了雷鳴，狠狠紮進鼓膜。

「不要！」

真赭薄驚駭地放聲尖叫，旋即倉皇失措地轉身拔腿就跑。只是猿猴的速度更快，她腳步一個踉蹌，當下被絆倒在地，惶然地回頭一看，無數發亮的金色猿眼正逼近她。

啊啊！我完了。有生以來，真赭薄初次真心萌生出這個念頭。

就在下一剎那，有一道黑影擋在猿猴和真赭薄之間，那是身穿羽衣的年輕人，千早。

「快飛！」

猿猴瞥見千早手上的銀色大刀略感畏縮，其他猿猴拿著棍棒向千早襲來，他舉起大刀擋住猿猴揮落的棍棒。

「趕快飛啊！」千早急不可耐地喊道。

真赭薄慌忙地變身成鳥形，朝天空飛去，千早見狀將大刀擲向巨猿後，旋即追了上去。

猿猴們淌著口水，惋惜地站在鳥居內側，仰頭怒視他們。

這時，真赭薄才終於發現一件事——大刀竟然沒有熔化。

山神所立下的「禁止私鬥」規定，已全然失效。

雖然逃到了外界，在狂風和雷雨中，真赭薄無法讓自己飛高。奮起直追的千早在確認猿猴沒有跟上後，協助她降落在湖畔。

天空中烏雲翻滾，巨龍銀色的腹部一閃而過，真赭薄還是沒瞧見皇太子的身影。

——那裡的事就交給皇太子吧！

真赭薄聽到千早的話，勉為其難點了點頭。

到目前為止，他們依然不明白到底發生了什麼狀況？椿變成了龍，猿猴佔領了神域，事到如今，就只能從天狗家經由朱雀門返回山內。

——妳知道天狗家在哪裡嗎？

千早問，真赭薄再次點頭。

——你怎麼會在那裡？

呱！千早張開黑色的尖嘴。

——當然是因為妳的胞弟要我保護妳啊！皇太子和澄尾也如此交代。總之，我們先去朱雀門，烏天狗都駐紮在那裡。

在千早的催促下真赭薄重新起飛，這次她保持低空飛行，飛越整個湖面。

真赭薄之前就聽說朱雀門就在天狗家深處。

當他們降落在天狗家門前時，天空乍然響起一聲巨大的雷鳴，接著周遭一片寂靜。

——喂！

千早叫喊出聲的同時，飛向某棟房子的窗戶邊。只見一名矮小的中年男子正神情緊張地向外張望，他應該就是烏天狗。千早用力戳著窗戶，男子發現他們有三隻腳，便立刻開窗。

「你們是奈月彥的人嗎？」

雖然他的發音不太準確，但說的是御內詞。真赭薄發出呱的叫聲，表示他說的沒錯。

八咫烏即使變身鳥形，彼此也能溝通，就不知天狗能夠瞭解幾分。

沒想到，那個男人似乎能夠理解真赭薄的意思。

「需要我將朱雀門打開，是嗎？隨我來！」

男人領著他們快步走進屋內，在牆面上操作了幾下後，牆壁自行動移了起來。真赭薄對於烏天狗也有擁有像皇太子那般神奇的力量，感到十分訝異。

半晌後，一個洞穴出現在他們眼前，原本一片漆黑的洞穴，立刻亮起了燈。那裡是兩側都有光源的長通道，還有搬運貨物的機關。

通道內的燈光亮起的瞬間，維持烏形的千早便衝了進去，由於他飛得太快，轉眼之間就不見烏影。真赭薄生平第一次如此用盡全力地飛行，她張著嘴呼吸急促。

「要不和我一起坐貨車進去？」烏天狗輕輕將她舉起，提議道。

真赭薄毫不遲疑地接受烏天狗的好意，抓住他的肩膀。只見烏天狗操作了幾下，那台被稱為貨車的東西便開始運轉，而且速度立刻就加快起來。過了好一會兒，眼前突然出現了開闊的空間。

真赭薄察覺到在這裡可以自由變身後，立刻從烏天狗的肩上跳下來，變回了人形。

她起身向前望去，眼前是一道巨大的門——朱雀門。

朱雀門前大叫大嚷聲接連不斷，傳令兵忙不迭地衝進衝出。

搶先一步返回山內的千早，已稟報了神域的情況，朱雀門前陷入一片混亂。

「神域發生變故！」
「猿猴採取行動了！」
「趕快去向參謀總部報告。」
劫後餘生的真赭薄終於回到山內，卻沒時間鬆一口氣。
正當她在尋找千早的身影時，士兵發現她後跑了過來。
「請問是真赭薄女史嗎？」
「皇太子殿下目前在哪裡？」
「抱歉，我不清楚。」
「怎麼會？」有人發出了哀嚎聲。
「那大天狗怎麼說？」一名看似守禮省文官的男人，對著烏天狗問道。
「大天狗下山之後，一直聯絡不到他。」烏天狗愁眉苦臉地說：「我嘗試多次，但耳房內的通信設備全都失靈，可能得花上一些時間。」
「真赭薄女史。」另一名像是山內眾的男人，開口說道：「妳比千早更瞭解神域的情況，請妳現下前往參謀總部，直接向總部說明。」

真赭薄隨著他來到寬敞的車場，發現馬已備妥，她與等候在那裡的士兵一同起飛。

然而，參謀總部明明在勁草院，真赭薄卻被帶到〈明鏡院〉。

只見士兵正在車場搭帳篷，雪哉、明留和長束，以及長束的手下都圍著千早在說話。

明留看見真赭薄的身影，立刻跑了過來。

「姊姊！妳有沒有受傷？」

「我沒事。」

真赭薄微顫的話音剛落，才意識到自己差一點死在猿猴手上，不禁渾身顫慄。

從神域內出現私鬥的現狀研判，巨猿顯然一直在等待山神離開神域。**既然猿猴想要殺自己，很可能會直接攻進山內**。真赭薄預感有大事要發生了。

「聽說皇太子殿下去了外界。」

「在惡劣的天候中，緊隨在山神之後追趕。」真赭薄客觀地陳述道：「不過，山神並沒有試圖傷害殿下。」

「既然這樣，那就不會有問題。」明留迅速頷了頷首。「總之，山神就交給殿下處理，因為我們對外界無能為力。」

而且，現在殿下留在外界反而比較好。他低聲嘟囔著。

真赭薄聽到這句話，總算察覺到有些不太對勁——朱雀門前一片混亂，這裡卻十分平靜。她仔細觀察周遭後，發現似乎只有自己心亂如麻。

搭建帳篷的普通士兵大聲吆喝，但以雪哉為中心的山內眾鎮定自若，完全不像面臨緊急狀態。大家看似不慌不忙，卻都繃緊了神經，彷彿正在等待什麼。

除了明留以外，完全沒有人搭理她，這讓真赭薄感到有些落寞。

「……那我先回紫苑寺。」

雖然剛才山內眾要求她來這裡說明情況，但看來千早應該已上報完畢了。既然這樣，自己留在這裡也無事可做，打算去通知濱木綿等人。

豈料，明留聽了大驚失色，用強烈的語氣制止她。

「姊姊，不行！妳得留在這裡！」

真赭薄越發覺得哪裡古怪，下一刻，突然傳來一道尖銳的聲響。

嗶！所有的參謀聽到這個聲音，立刻動身大喊：「來了！」

士兵們開始敲打放在帳篷旁的大鼓。咚、咚、咚！沉重的鼓聲響徹〈明鏡院〉。

幾乎就在同時，幾道影子以驚人的速度從山頂方向飛了過來。

「好！」站在士兵中心的雪哉，冷靜地下令：「那就開始吧！」

亞麻油地氈的地板，映照出逃生門的綠色燈光。

簡直就像淨身清泉映照的月光。奈月彥內心思忖著。

這裡是外界的醫院，志帆已被送入的病房，好幾名醫生和護理師神色慌張地進進出出。

奈月彥愣怔地站在病房外，倏忽走廊另一頭傳來匆忙的腳步聲。

「志帆的情況如何？」

大天狗一身喪服上氣不接下氣地趕來，他原本在村莊處理志帆外祖母的葬禮。得知久乃死訊時的慌亂，彷彿像是很久以前的事。

那些村民誤以為志帆從神域逃了回來。

他們害怕會激怒山神，為了保護自己，決定把志帆還給成為龍的山神，避免禍及自身，因此他們打算將志帆丟進龍沼。當椿得知這件事後勃然大怒，雷劈了村莊。豈料志帆為了阻止椿，自己不幸被雷擊中。

奈月彥立刻變成人形，把志帆送進了人類的醫院，現下不知是否能夠救活。

「還有救嗎？」

「不知道！由於頭部遭受到電擊，呼吸已停止，而且嚴重燒傷導致休克，內臟器官也出現問題。」

況且，即使在人類能力所及的範圍進行外科治療，志帆受的傷並非普通的燒傷。

「雖然是山神劈的雷，但山神本身無治癒能力，只有志帆大人能夠治好那種燒傷。」

現下她正徘徊在生死邊緣。

「所以志帆她……」大天狗略頓，最後嚥下後面的話。

傍晚的驟雨越下越大，絲毫沒有停止的跡象。

奈月彥蹙起眉心，凝視著打在玻璃上的雨滴，鬱悶地陷入沉思。

自己到底該怎麼辦？若當時不僅真赭薄，連自己也一起陪同志帆前往村莊，是否能阻止最糟糕的情況發生？

明知道思考這種假設的問題已無濟於事，懊悔還是持續在內心翻騰。

大天狗沉默了許久，他撥了撥淋濕的頭髮，最後還是忍不住開口。

「……有些話或許不該現在說，但我無論如何都必須向你道歉。」

「什麼事？」

「是關於山神的名字……我可能搞錯了。」

大天狗不斷思考：**山神為何沒有找回記憶？**

「現在說這些，或許為時已晚……」大天狗猶豫了片刻，自顧自地說：「先前我不是根據，山神是以猿猴和烏鴉作為神使的神明，這一點進行推測？」

當時志帆的外祖母為了將志帆帶回家，決定協助大天狗，他們調查到《烏鴉和猴子的故事》這個傳說，進而成為大天狗推究的依據。

某日，霪雨霏霏的壞天氣，讓村民傷透腦筋，烏鴉向他們要求供物，牠則會幫村民請求山神讓天氣放晴，以作為交換。一陣子之後，烏鴉大吃大喝，過胖飛不起來，一個不留神掉進龍沼。猴子見狀，放聲大笑，也主動向村民提出相同的要求。又過了一陣子，猴子也因太胖從樹上摔下來。烏鴉和猴子反省，認為是貪心誤了事。從此之後，當村民希望天氣放晴時，就給烏鴉和猴子各一半供品。

大天狗根據這則神話，認為山神應為擁有烏鴉和猿猴這兩個神使的神明。於是推想以猴子作為神使的日吉大社，就是這座山的原型，並以日吉大社的神明為父、八咫烏為外祖父的賀茂別雷神，就是山神的真正身分。

然而，此推測並不正確。

在荒山，村莊內的女孩被帶到神域後，於淨身清泉中修禊，經戲水的過程，產下無父的山神，以母親的身分撫養山神長大。其信仰的對象，是母神和子神，並無父神的存在。

「只不過，日吉大社的主祭神是大山咋神，也就是山神的父親。並非供奉我所認為椿的真正身分，賀茂別雷神。因此，日吉大社並非此座山的原始型態。」

「換言之，那名字打從一開始便錯了？」奈月彥眸光一閃，輕歎道。

「這就是複雜之處。從結論上來說，名字無誤，只是那名字憑依的祭祀來源，並不正確。這就像尋回的是其他同姓同名之人的記憶，椿當然無動於衷。」大天狗略頓，靜默了一會兒，忽地用力抓扯頭髮，鎖眉深歎道：「……有一個祭典與玉依姬密切相關，而且也沒有父親角色的存在，和這座山的祭神儀式很相似……」

「那是……？」

「京都的葵祭*。」

那是相當知名的祭典，皇太子在外界時，也曾經多次耳聞。

賀茂御祖神社*供奉的是化身八咫烏的神明，及其女兒玉依姬；賀茂別雷神社供奉玉依姬從丹塗箭懷孕產下的雷神。規模壯觀的〈葵祭〉，是下鴨神社*和上賀茂神社*所舉行的祭典；在祭典之前，會先於神社舉行御阿禮儀式迎神*。

御阿禮，有出現、誕生之意，也是指神靈顯現。

「透過此儀式，新神誕生，迎接活力充沛、充滿年輕力量的神明。」

上賀茂神社迥異於日吉大社，並不重視賀茂別雷神的父親，也就是玉依姬的神明丈夫，然則只要賀茂別雷神的父親是尊貴的神，信仰就可成立。

京都曾因應仁之亂陷入動蕩，〈葵祭〉也被迫中斷相當長一段時間。

「假設，只是假設，在葵祭中斷的那段期間，有人在遠離都城戰亂的外地，代為舉行那個祭典，你認為會怎樣？」

這地方是應仁之亂爆發很久之前，就已存在的賀茂分社，也許神職人員因都城的祭典被中斷而怨歎，於是在邊境之地的深山，找到地理條件一致的場所，決定在此模仿那祭典。

古代的祭祀地點，基本上都有山、有水，以及磐座*——碗形的山、淨身清泉和異樣的巨石。因此，後來由當地的女孩作為媒介，請神降臨在磐座，御阿禮的祭典才得以勉強恢復，結果就在荒山重現了神話。

巫女成為玉依姬，原本無名的龍神有了「尊貴的雷神」這個名字。

「雖說這是很離譜的謬論，若真是如此，就能解釋目前的狀況。」大天狗站在醫院昏暗的走廊上，繼續說道：「祭典僅中斷了兩百多年，在這段期間，都城該當會有相應對策。等到京都恢復舉辦祭典後，偏僻深山中的冒牌賀茂祭，便失去了正當性……」

況且，此處原本就有當地信仰，兩者相結合後重新誕生的神話及諸神，理所當然地逐漸

---

*注：葵祭，京都每年五月十五日的節慶，為京都三大祭之一，現由下鴨神社與上賀茂神社定期舉辦，為了祈求風調雨順、穀物豐收。

*注：賀茂御祖神社，位於京都市左京區，通稱下鴨神社，主祭神為玉依姬命與賀茂建角身命。聯合國教科文組織以「古都京都文化財」之一，列為世界遺產。

*注：下鴨神社，正式名稱為「賀茂御祖神社」，為平安時期以前創建於京都最古老的神社之一。

*注：上賀茂神社，是賀茂別雷神社與賀茂御祖神社的合稱，自古以來供奉賀茂氏氏神，被喻為電子業的守護神。聯合國教科文組織以「古都京都文化財」之一，列為世界遺產。

*注：御阿禮，意為「御＋阿禮（誕生）＝神之誕生」，是上賀茂神社每年五月二十一日舉行的非公開迎神儀式。從本殿西北方的森林某處，將降臨凡間的賀茂大神迎回神殿，是個高度神秘、絕不示人的神祭。

偏離原型。

「於是，原本是龍神，也是雷神的山神，失去自己的真正身分，轉變為妖怪……」

「等等！」奈月彥心口一緊，倏忽閃一個念頭，愕然問：「若你的推論屬實……那猿猴又是從哪裡冒出來？」

「這就是癥結所在。」大天狗瞇起雙眼說道：「《烏鴉和猴子的故事》應當是根據以前的傳說改編，然後演變成目前的形式。」

從古代神明傳說中獲取的教訓來看，幾乎都是「神明會作祟，要好好供奉」，這種簡單的道理。

然而，大天狗對於《烏鴉和猴子的故事》所引導出的教訓，是「貪心誤事」這種極近代的價值觀，感到難以理解，始終感到納悶。而且無論猴子或是烏鴉，原本皆是引導太陽的神，照理說，不需請求山神使天候轉晴。

「我認為，這個傳說的原版本，應該是和太陽有關的《烏鴉和猴子的故事》，所以他們拜託讓天空放晴的『山神』，或許並不存在。」

「你是指，山神是後來加進去的？」奈月彥斂下眸光，沉吟道。

「沒錯。果真如此的話，這座山最古老、最重要的信仰，並非龍沼的『活人供品』傳說，也非在山湖之間來去自如的『無名龍神』的傳說……」大天狗停頓了一下，銳利的眼神瞟向奈月彥。「而是《烏鴉和猴子的故事》。接下來，就不需要我說明了吧？」

「這樣推測下來，這座山上最原始的山主是烏鴉……」奈月彥猛然下顎抽緊，空蕩的心窩傳來陣陣寒意。「和猿猴嗎？」

既然這樣……果真如此的話……

「巨猿的真面目……」

奈月彥的話還沒說完，病房門像等待這一刻似地打開了。

醫生告訴他們，志帆的病情已趨穩定。

陡然，奈月彥感受到山神的氣息，察覺到醫院的屋頂有動靜，他急忙往上衝，打算傳達「**志帆的狀況已穩定下來。**」的消息。一到了樓頂，發現並非只有山神在那裡。

淅淅瀝瀝下著雨，一名銀髮青年看著渾身無力站在那裡的山神。

＊注：磐座，在古代神道教中，信仰岩石的自然崇拜。

「與人類為敵的妖怪必須打倒，無一例外。」

說話的青年充滿年輕朝氣，眼眸深處散發出熾烈的光芒，一身簡素的白衣、白褲，腰間佩帶一把鋒利的大刀，背後有一頭大獵犬——他就是肩負消滅妖怪使命的英雄。

奈月彥發現這個事實的瞬間，意識到一切都為時已晚。

終於被追上了！英雄認為山神是妖怪，要來消滅山神。

「可以了嗎？」英雄漠然問道。

山神聽天由命地正準備點頭，忽地轉頭看向原本居住的那座山。

「巨猿會如何？」

「牠已經不行了，之後的事就交給我吧！」

山神聽了英雄的直言，神情落寞地叫著奈月彥。

「我對你們做的事也很過分，抱歉！」山神滿臉歉意，雙眼清澈，完全不像妖怪。

「我們才該……為侍奉不周深感歉意。」

奈月彥猶記得初次見到山神時，那可怕的妖怪模樣，如今又能變回值得讓人尊敬的神明樣貌，真是令人難以置信。

「不，你們的侍奉很周全，感謝你們至今為止的一切。」

再見了！山神平靜地說完，轉身走向英雄。

椿離開得很光彩，既沒有丟人現眼地乞求饒命，也沒有像其他妖怪一樣奮力抵抗，只是淡然地接受自己的命運。椿宛如夢幻，沒有留下一滴血，就這樣死了。

醫院的屋頂打溼了一片，霧氣和雨水籠罩的灰色水泥街道，亮起零零星星的燈光，街道後方被雲覆蓋的山脈連成一片暗藍色。

奈月彥悵然若失地杵在原地。此在之前，自己只關心八咫烏，完全不在乎其他人，甚至曾想要殺害山神，如今椿死了，他卻感到傷心欲絕。

「那傢伙，」英雄略頓，淡瞟怔然的奈月彥一眼，冷嗤道：「早在一年前，就已啃食活供的肉。自那一刻起，便決定了今天這個局面。」

奈月彥見到椿的瞬間，一切皆已成定局。

「無論如何，你都無能為力。」英雄淡淡然地陳述一個事實，接著仰眸問道：「你接下來有何打算？」

「有何……打算？」奈月彥黑眸略睜，面露訝色。

若英雄認為他是妖怪的手下，應當會將他一起消滅，然則英雄探問的方式，簡直就像是還有其他選擇。

「我認為八咫烏尚未跨越最後一道防線，雖說只差一點……」英雄微側著頭，眸光飄向奈月彥。「接下來，就看你如何決定？消滅這座山肆虐的妖怪之後，我會成為新山神。你願意接受新山神的支配，還是拒絕……」

如今失去真正的身分，也沒有侍奉的神明，八咫烏就只是怪物；縱然拒絕了新山神的支配，雙方交戰，八咫烏也沒有任何勝算。

儘管戰勝了，奈月彥很清楚自己無法成為山神。

「即便發誓侍奉你，山內……」奈月彥稍頓，輕歎道：「莊園已無存在的必要，也無法再像以前那樣。」

「你應該知道，荒山的體制早就已瓦解了吧！」英雄用外界的動作聳了聳肩。

山內，原本是為了舉行御阿禮儀式的莊園，依憑山神的力量維持。

「不過，如今已不再舉行御阿禮的儀式，我所拯救的那些人，村莊被燒毀，人類對這座山的信仰也到此為止。我會成為僅此一代的神，就算你追隨我，山內也無法長久持續。」英雄以清冷的嗓音，論事道：「你想保衛你的家園，哪怕閉關山內，與世隔絕，山內遲早都會崩壞的，所以你只能接受現實。」

「真的……沒其他方法了嗎？」

照此下去，山內真的會毀滅，到那時，八咫烏絕對無法全身而退。

「若我能找回以前的名字……」奈月彥不甘心地低喃道：「身為神的真正身分……」

「別白費力氣了，你不是曾一度知道自己的名字嗎？」英雄態度十分冷漠。

從都城帶著女兒和孫子神一起來到此地的八咫烏，那名字應該叫做，賀茂建角身神。

「在知曉自己的名字之後，依然想不起過去的一切，就代表在失去記憶之前，有其他的名字。既然你遺忘了，那就無計可施。」

正當英雄無情地道出這番話時，乍然傳來衝上樓梯的腳步聲。

「出事了！」大天狗來到屋頂後，用力推開了門，驚慌地大喊：「猿猴闖入山內，現下已進入備戰狀態。」

「何時發生的事？」奈月彥背脊一凜，厲聲反問。

「山神一離開，隨即就開戰了。」

「那不就是早上嗎？」

此時此刻，暮色已漸漸籠罩天空。

「真抱歉！」天狗心急如焚的臉龐，滿是歉意。「我有接到朱雀門的通知，但手機和家中的通訊儀器都出了問題，才被耽誤這麼久。」

英雄聽了大天狗驚惶失措的報告，自嘴角扯出一抹冷笑。

「死猿猴，終於露出狐狸尾巴，看來還有事得善後。」英雄說完，收起嘲諷，撇頭看了奈月彥一眼，問道：「喂，烏鴉，你會侍奉我，對嗎？」

奈月彥胸口一窒，深吸口氣後，下定決心面對英雄。

「對。」

「那就跟我來吧！」話音剛落，英雄立刻輕盈地跳到大狗身上，像騎馬般的跨坐，接著拍了拍狗的脖子，喝令道：「出發！」

大狗仰頭望向天空，吠叫一聲後，飛越了圍欄，衝向空中，然後一路身輕如燕地踩著雲霧，撥開雨絲，直奔荒山。

「奈月彥。」

「志帆大人就拜託你了。」

奈月彥在交代大天狗的同時，迅速變身為烏形，尾隨英雄而去。

嗶咻！風在耳邊呼嘯，雨滴狂亂地打在臉龐，濕透的羽翼上，雨水像水晶珠般不斷滑落。天空是暗灰色，下方是人類的世界，雨雲中的雷電連成一片，閃現出霓虹色彩。全身發出白色光芒的新山神和大狗，強而有力地飛翔在沉落的暮色天空中。

奈月彥用黑翅撥開了雨雲，飛向漆黑的荒山後方，當趕到大狗身旁時，山神斜睨著已變成三足大烏鴉的他。

「雖然很想直接徹底殲滅妖怪，但是……」新山神情淡然，不置可否地輕笑道：「如今只能先欣賞你手下的本領了。」

第五章　完成

當市柳接獲猿猴發動攻擊的消息時，正好駐守在禁門。

「各就各位！為襲擊做好準備！」

市柳大聲疾呼同時，心中暗忖：這一天終於來臨。

由於猿猴必定會攻打禁門，附近的士兵正陸續趕來，目前僅有三十多名士兵，無法期待增援部隊。士兵按照事前決定的步驟加強攻防，弓兵把箭搭在弓上，抱著甕的士兵越過石壘，將油倒在禁門周圍。

目前周圍的士兵雖然神色緊張，卻沒有陷入慌亂，但還是有人眼神中透露出不安，目送原本一起駐守的神官先行離去。

市柳能夠理解他們的心情，他也料想不到，猿猴會在自己駐守禁門時進攻。

茂丸那傢伙也是在防守禁門時喪命。

「不，真是千載難逢啊！」他小聲嘟噥道，接著輕歎口氣，整頓好心情。

市柳瞧見抱甕的士兵回到石壘內側後，他站到石壘上。

從兩側石壁流下的水發出淡淡的光，這裡雖然沒什麼光源，卻不至於視野不佳。

市柳定睛注視著朝向神域開啟的禁門。

「你們該感到高興，因為我們運氣太好了！」

他感受到所有士兵的視線都集中過來。

「雖說山內有很多武人，卻少有機會能為同伴報仇！我們很幸運，是憑弔之戰的尖兵，也是目前山內最瀟灑的一群人。」市柳停頓了一下，舔了舔嘴唇，丹田有力地大喊道：「所以我們要瀟灑應戰！」

「好！」眾人大聲回應。

從敞開的禁門往深處望去，通往神域的通道上傳來沙、沙、沙的腳步聲，漸漸越靠越近，同時還能聽到硬物相碰的熟悉聲響——那是武器相互碰撞的聲音。

「火箭準備，射箭！」

火箭射向倒在地上的油，下一秒，周圍頓時一片通明，於是看到了……

果然不出所料，從禁門另一端出現了全副武裝的猿猴。只見一整排猿猴手舉著盾牌，形成了一道盾牆。

嘖嘖！這群野獸竟然還耍小聰明。

「弩隊、弓隊，準備！」

弩弓對準了禁門內側。

「弩弓，射！」

隨著市柳一聲令下，五支箭不偏不倚，射中盾牆，刺穿了其中兩塊盾牌。

啊！慘叫聲傳來。

不能放過這個機會，得趁勝追擊。

「弓箭，射！」

弓兵聽令迅速對著盾牆的缺口，再次射出箭雨。猿猴高舉在頭的盾牌，接連被射中。

「繼續！不要間斷！絕對不能讓牠們再靠近一步！」

儘管猿猴也會射箭，但石壘十分堅固，內側也備妥了大量的箭矢。猿猴躲在盾牌後方一籌莫展，火勢在石壘與猿猴之間蔓延。

若能夠繼續阻擋猿猴……

正當市柳這麼暗忖時，盾牆一角崩垮，原本縮成一團躲避亂箭的猿猴，猛然將手上的盾牌往火上一丟踩於其上，不顧箭如雨下，一口氣衝了過來。

勉強可看到約十隻左右的猿猴，拿著棍棒和矛槍，發出震耳欲聾的叫聲，跳越火海，穿越禁門，朝向石壘進攻。

難以想像前一刻還全力防守的猿猴，竟展開突擊，而且速度飛快，根本來不及應戰。

「不要畏懼！射箭，射！」

好幾支箭矢射中猿猴龐大的身軀，卻像是牙籤般完全無法發揮作用。那些猿猴毫不在意身中數箭，發狂地朝向石壘撲過來。

最前方的猿猴手拿矛尖亮著光的矛槍，咻咻咻地揮動著，下一剎那，牠使勁刺向箭窗，扎穿了正準備搭箭的士兵胸口。

市柳驚見石矛刺穿士兵的後背，忍不住咂了嘴，猛一回神，死守石壘的八咫烏，正與試圖突破的猿猴展開激烈的攻防戰，四周響起怒吼和尖叫。

「可惡，無法用弓了。」

「拿刀！」

「這些王八蛋，難道不會痛嗎！」

削尖的竹子擋在石壘下方，無法發揮絲毫阻擋作用，猿猴敏捷地斬斷後，踩著石壘基座的石頭順勢爬了上來。

其中一隻猿猴動作相當輕盈，與笨重身體毫不相襯，步步逼進市柳。

「混蛋！」

市柳操起事先準備好的矛槍，反手高舉朝向猿猴刺去。豈料猿猴靈活閃開的同時，一把擒住市柳的矛，牠抬頭與市柳四目相接，半晌後，牠蠻橫地搶過矛槍，丟棄於一旁。

猿猴凶狠地瞪視著，市柳還來不及感到驚愕，牠便踩著石壘上突出的石頭，跳到和市柳視線相同的高度。猿猴矯健的身手讓市柳訝然，不由得叫嚷出聲，踉蹌後退好幾步。

最後猿猴站在他面前，一人一猿立在狹小的石壘上對視。

「混蛋，你這個妖怪，給我滾下去！」

市柳怒氣攻心，拔刀砍向猿猴，大刀劃過猿猴的身軀，就像是被厚實毛皮彈開般，全無砍到軀體的實感。猿猴的長手臂狠狠朝市柳揮來，他反射性地蹲下閃過，頭頂傳來猿臂飛快掃過的聲響。

這傢伙本身根本就武器。市柳內心暗忖，向退後了一步，冷靜地觀察著猿猴。死猴子高大魁梧，手腳強壯粗長，腕力和跳躍力都遠遠勝過自己，雙方徒手交戰，明顯對我方不利……不過，絕不能讓牠們輕易突破前哨。

「不要退縮！守住各自的崗位！」

市柳沉著氣，重新拿起大刀，撲向猿猴。

「禁門遭到襲擊！」

「凌雲宮的士兵盡快集合，我們須前去支援。」

開始了嗎？他悄悄向窗外張望，只見看守的士兵匆忙趕著離開。

等到僅剩下少數士兵之後，他搖響了鈴，過了一會兒，一名士兵走了進來。

「請問有事嗎？」

由於翠寬是基於正當的理由失去自由，看守士兵基本上都十分尊敬，而且還給了他一個專用鈴，有事便可搖鈴呼叫。

一想到這些士兵依從雪哉指示禮遇他，就令人感到惱火，不過這次反而幫了大忙。

「外頭很吵，發生什麼事了？」

「呃，沒有……」士兵囁囁嚅嚅，不知該如何回答。

「我聽到有人提到禁門，該不會是猿猴攻進來了？」翠寬語帶擔憂地低聲探問。

「那是，那個……」士兵露出更加為難的表情。

「猿猴果然來了！」翠寬誇張地抱頭，哀歎道：「唉！所以啊！所以早就說了！我就是擔心會發生這種情況！」

山內要滅亡了！翠寬吼叫著，猛然「啊！」了一聲，按住了胸口。

「……翠寬大人？」

翠寬沒有回應，下一剎那，他便倒地不起。

「翠寬大人！你聽得到嗎？翠寬大人！」士兵慌了手腳。

翠寬依舊一動也不動地倒在地上，士兵慌忙打開格子門的鎖，跑到翠寬身邊蹲下，試圖將無力倒地的他翻過身。突然他舉起雙手，勒住了士兵的脖子。

「呃！」被掐住脖子的士兵，立刻昏了過去。

「笨蛋，千萬不可大意。羽林到底是怎麼教你的？」翠寬不悅地嘀咕。

接著，他俐落地脫下士兵身上的衣服，並拿走長刀，甚至借用了顯示是羽林天軍的懸帶。最後，他調整昏厥士兵的姿勢，使其不至於不適，便走了出去。

「不知是否來得及……」

〈凌雲宮〉周圍悄然無聲。

平時這個時間，大街兩側擠滿了攤販，人來人往，熙熙攘攘。然而，或許是察覺到士兵的動向不平靜，路上的人潮少了許多。

輝也混在稀散的人群中，不動聲色地觀察著四周，猛一轉頭，從大街旁的水甕中瞧見自己的模樣。即便過了這麼久，還是無法適應沒有蓬鬆棕毛的光滑皮膚。

牠身穿刻意染成墨色，與羽衣很相似的黑衣，一頭濃密的頭髮隨意梳理。無論怎麼看，都像是從外地來這裡討生活的八咫烏。

由於先前為了避免露出馬腳，輝也接受過悉心指導，能很自然地混入這些被徵召來建造堡壘的工人當中，連牠自己都感到驚訝。就算牠若無其事地邁開輕盈的腳步，假裝在〈凌雲宮〉的外牆周圍散步，也不會引起任何懷疑。

話說回來，〈凌雲宮〉的八咫烏現下根本無暇理會他。自從某位像是傳令兵的烏鴉從中央山飛來之後，原本負責守衛〈凌雲宮〉的烏鴉便陷入一片混亂。此時此刻，那些烏鴉應該在禁門和自己的夥伴交戰。

這些烏鴉的腦筋都不太靈光，還以為猿猴必定會從禁門進攻。

我們忍辱負重，就是為了迎接這一天的到來。

輝也吞了吞口水，想起自己藏在袖子內的短劍。

身為榮耀的猿猴一族，自己必須完成該做的事。

「我打算派密探去烏鴉的世界臥底。」

六年前，在猿猴第一次獵烏鴉失敗之後，猿王便下定決心。

從很久以前，猿猴就持續開築通往烏鴉領域的山內路徑，當時終於完工。雖然輝也對山內的情況一知半解，但據猿王所言，守護山內的結界出現了破洞，面臨糧食不足這個急迫的問題，已然無法謹慎行事。

起初派兵獵殺烏鴉，同時進行內部偵察，獲得相應的成果，豈料發生出乎意外的事。

烏鴉無預警地闖入猿猴的領域，還殺了珍貴的小猿猴，幾乎在此同時，被派往山內的壯丁們也遭到殺害，猿猴闖入山內的事實曝了光。儘管其他同胞群起激動地想要報仇，猿王卻下令，要長期派奸細到山內，為未來的決戰做準備。

「烏鴉基本上是高傲自大的動物，認為我們是聽不懂御內詞的野蠻族群，他們終於要為自己的傲慢感到後悔了。」

猿猴一族聚集在最大的洞穴內，個個摩拳擦掌，終於等到了這一天。

「猿王！我要當密探！」

輝也最先舉手，其他猿猴都爭先恐後地積極爭取，因為大家都想為同胞報仇，更想成為光榮的斥候。

「最初派出的密探，最好是小孩子。」猿王搖頭斷言道。

若是孩童，即使咬字不準，也不會引起懷疑。

猿王打算要親自教導，有意願且聰穎的孩子，學習烏鴉的語言。

「我去！」圓夏自告奮勇，明確表達出意願。

雖然圓夏才九歲，但知道牠身世的猿猴，都不會懷疑他的決心。

除了圓夏以外，猿王還挑選幾個聰明伶俐的小猿猴，在他們學會某種程度的御內詞後，便分批經由地下道送往烏鴉的世界，然後發揮耐心，仔細調查內情。

無論發生任何難以預料的狀況，絕對不能和烏鴉發生衝突，更加不可洩露自己是猿猴的事實。一旦遭到懷疑，最低限度必須要以人形死去。

那些小猿猴經過嚴格的調教，個個出色地完成了任務，因此目前猿猴一族已完全掌握，烏鴉領地的地形和政治內幕。

另一方面，烏鴉對猿猴一無所知，即便他們似乎在神域內張望窺探，能夠取得的消息十分有限。他們根本不瞭解自己的領地內，已有多少可闖入的路徑，也不清楚猿猴有多少勢力，甚至打算在禁門，這個最大的進攻途徑的入口處建造堡壘，簡直笑掉大牙。

「凌雲宮內有充足的糧食和武器。」年輕尚輕的圓夏，已有勇士樣貌，他謹慎地回報。「他們以為我們會從禁門闖入，打算把此處的離宮作為補給的據點，正在募集打短工的工人建造營壘。因此，即使有陌生面孔，也不會馬上被發現。」

更愚蠢的是，〈凌雲宮〉的碉堡至今仍未完工，一旦混入其中，根本勝券在握。

「嗯，人質很有效……」聽取圓夏報告的猿王，停頓片刻後，緩緩點頭問道：「既然烏鴉在建造營壘，是否表示烏鴉想要保護的重要人物也在那頭？」

「全都在。」圓夏迅速回答，他的調查十分詳盡。「除了貴族的女人以外，代理金烏和他的妻子也都在那裡。」

「要把凌雲宮定為首要目標嗎？」輝也建議道。

「好，就這麼辦。」猿王頷首認同。

猿王明快地下達命令，在決戰日之前，分批將會講御內詞的猿猴送去當工人。為了配合烏鴉的衣著習慣，牠們都穿上墨染的衣服，讓自己看起來像是烏鴉，漸漸地越來越多的猿猴被送進山內。身為密探的小猿猴們，繼續假裝天真無邪，滲進山內調查何處有儲備，何處有能成為人質的對象。

「到了決戰時刻，就在禁門大肆開戰！」
烏鴉必定會極力避免禁門遭到猿猴突破，進入朝廷內部，所以無論如何都試圖在禁門的水邊擊退猿猴。
「我們孔武有力，在狹小的地方戰鬥，形勢對我們更有利，而且凌雲宮的衛兵一定會趕去支援禁門。」
只要士兵前往禁門，〈凌雲宮〉便成了空城。
「我們等待的，就是這一刻。」
烏鴉都在天上飛，而樹木能發揮的隱藏作用，對猿猴來說，無疑是理想的移動路線。
那片樹林，正是無數條通往烏鴉領域的路徑中，最大的一個洞穴。
猿王很留意真金烏皇太子的動向。打算趁那傢伙前往外界時，用強勢兵力攻下警備鬆懈的〈凌雲宮〉，擄取人質，徹底奪走他們儲備的糧食。如此一來，那傢伙十之八九必會聽我的命令。猿王如此斷言道。
對於諜報任務有功的圓夏，猿王賞賜送了一把漂亮黑曜石短刀。那把短刀是猿王使用多年的護身刀，刀柄用藍色纏繩綁得密密實實，刀身發出晶亮光芒，放在燈火下微微透著光。

那是猿族自古以來傳承下來的寶物，猿王將短刀交給圓夏的理由並不難猜測。由於在山內期間禁止與烏鴉發生衝突，所以那是圓夏的第一把武器。圓夏漲紅了臉，想把短刀藏進懷裡，避免被人看到；輝也覺得危險，於是協助他掛在脖子上。

「記住，千萬不能亂來。」

「我知道。」聽到輝也叮嚀的圓夏，嚴肅地點了點頭。「無論如何我都必須完成任務，所以絕對會活到最後。」

表弟當時一臉毅然地回應，此刻應該成功地偽裝成烏鴉屏息等待。

就在這時，烏鴉們在〈凌雲宮〉內一隻接一隻飛了起來，輝也躲在暗處斂息觀察著。

他們應該被派去支援禁門了。

細數黑色鳥影拍著翅膀，列隊飛行而去的數量，目前留在〈凌雲院〉內的兵力，應該不到平時的十分之一。

輝也激動了起來，感覺到自己全身熱血沸騰。**不要急！不要急！**他像是在唸咒語般持續默唸這句話，靜待黑影完全消失。

過了好半晌。**黑影終於消失了，就是現在！**輝也咻地吹了聲口哨，原本埋伏在周圍的同伴立刻現身。他使了個眼色，旋即踩著同伴的肩膀輕盈地跳上圍牆，正好與經過下方的士兵四目相對。

「嗯？」士兵呆若木雞。

輝也對他咧嘴獰笑，跳下圍牆，站立在士兵面前。

「你要幹嘛………？」

在士兵大聲呼叫援兵之前，輝也就用藏在袖中的短刀抹向對方的頸部，瞬間鮮血直噴，士兵瞠著驚恐的大眼，不瞑目地重重倒地不起。

這是輝也第一次動手殺烏鴉，竟然如此輕而易舉，看見士兵一臉茫然丟失性命的愚蠢死狀，牠感到不耐煩，卻又有些竊喜。

可恨的烏鴉！在潛伏期間，明明有多次機會能刺殺烏鴉，牠還是一直忍到現在。

圓夏，你看著，我會殺光所有的烏鴉！不過，當務之急是先完成自己的任務。

輝也草率地把屍體丟棄在樹下，快步前往面對大街的〈凌雲宮〉。中途好幾次遇到巡邏的士兵，由於對方人數少加上慌了手腳，牠輕輕鬆鬆就把士兵給解決掉。

就這樣，牠神不知鬼不覺地來到了正門，再用同樣的方式殺掉守在正門的衛兵，接著牠滑入內側打開門閂，敞開了大門。

早晨的大街上可以看到零星的烏鴉身影，此時烏鴉們完全沒有意識到危機出現了。聽到門扉被打開的聲響，他們不經意地瞥了大門一眼。雖然對於不是士兵立在大門旁略感納悶，但可能做夢都沒有想到，是可能會吃掉自己的猿猴。

真感謝這些過慣安定生活的腦袋，如此不靈光。輝也無視那些詫異的眼神，用力揮著手臂示意，混入烏鴉中的猿猴同伴，全都跑向大街的相反側。

〈凌雲宮〉前筆直大街的盡頭，就是尚未完工的營壘。用鑿下的大石排列層疊後，再用小石頭填補縫隙，既不牢固，也沒有足夠的高度。對猿猴來說，這種營壘根本不堪一擊。平時監督工人的士兵也被派去禁門支援，現下根本無人，讓這一切顯得可笑至極。

猿猴站在中看不中用的堡壘上發出暗號，不一會兒，無數黑影身輕如燕地從外側越過堡壘。他們和輝也一樣穿著黑衣，雙眼發亮，靜悄悄地朝〈凌雲宮〉移動。

烏鴉起初不清楚發生了什麼事，當瞧見奇怪人影不停地從沒有人煙的樹林中竄出，漸漸感覺不對勁。

猿猴不理會被嚇得逃進寺院和神社的人，卻沒打算放過臉紅耳赤質問牠們的人。

「你們到底在幹什麼！」一名年老的烏鴉用力抓住輝也的同伴，試圖阻止牠進入〈凌雲宮〉。「停下來！不可以去那裡！」

那名同伴向輝也使了個眼色。

嗯！沒問題，動手！輝也輕輕揮了揮手，被抓住手臂的同伴立刻用預藏的刀子，刺進老烏鴉的胸口，大街上頓時響起尖叫聲。

此時，輝也和其他人立刻脫下一身黑衣，變回了原來的巨大猿猴的模樣。只見原本矮小的身體猶如積雨雲般持續膨脹，撐破的黑色衣服發出撕裂聲，原本醜陋的皮膚上長出漂亮溫暖的毛，通紅的臉佈滿皺紋，犬牙也變尖了。

烏鴉驚懼看著牠們的眼睛轉變成金色時，駭然地踉蹌逃竄。輝也見狀，仰天大笑。

在輝也的諷笑聲中，牠的同伴在大街上輕易地撂倒擋住去路的烏鴉，快速向前挺進。

五十名恢復原來樣貌的同伴，無論男女老幼，都是英勇善戰的勇士。即使在猿猴中較柔弱的母猴和老猴，一旦和瘦弱的人形烏鴉進行肉搏戰，也都能以一當十。若順利闖入宮中，和烏鴉陷入混戰，必定穩贏不輸，縱使士兵聽到騷動慌忙趕來，也已來不及了。

先行抵達正門的猿猴，個個身軀龐大，身手矯健，牠們宛如暴漲的河川泥水般，順暢地流入〈凌雲宮〉。這群前鋒部隊會按照事先的任務指示，挾持代理金烏，還有另一群協助的猿猴將前往寺院控制局勢。

到處傳來烏鴉淒厲的慘叫聲，事到如今，輝也可說是已完成帶領同伴達成首要任務。

此時，輝也看見另一群準備接收存糧的同伴走了過來，牠轉身準備帶領牠們前往倉庫。猛然耳邊傳來咻的一聲，一支箭擦過牠的肩膀，訝然地抬頭一看，一隻倖存的烏鴉站在瞭望塔上，渾身發抖地對著這個方向舉著弓。

真是愚蠢的傢伙，為什麼不趕快逃命呢？

輝也輕鬆閃過烏鴉在恐慌狀態下，沒有瞄準就射出的箭，牠敏捷地衝上瞭望塔，一把擒住慌忙變身試圖逃走的烏鴉的腳，然後跳下瞭望塔，重重摔在地上，清楚地聽見頭蓋骨摔破的聲音。變身到一半的烏鴉，鳥嘴折向奇怪方向，屍體看起來十分滑稽。他對於烏鴉如此不堪一擊，令人發噱，忍不住訕笑出聲。

接著輝也豎起耳朵，試圖瞭解其他同伴的行動——寺院內傳來女人的驚叫聲，那群同伴負責擄走代理金烏，看來行動相當順利，按照目前的形勢……

正當牠與身邊的同伴交換眼神時，驟然聽見一道飛快又沉重轟然聲響。原本臉上還帶著笑容的同伴腦袋不見，下一瞬間，又聽見細長的咻咻聲，牠還來不及仰頭看，立刻感覺到有東西擦過自己的臉頰。

當輝也回過神後，被眼前的景象嚇得目瞪口呆，只見拳頭大的石頭像雨滴般落下，打穿地面，發出沉悶的重擊聲。被箭雨刺中肩膀的同伴，在發出呻吟的同時，腦袋就被掉落的石頭砸爛，其巨大的衝擊讓同伴的眼珠子都飛了出去。旁邊有一隻猿猴連滾帶爬試圖逃走，也被正上方丟下來的石頭擊中，身體向背後折斷了。

所有這一切都發生在轉眼之間。

輝也狼狽不堪地逃到附近一棵松樹後方，隔著樹枝窺探情勢，卻對眼前景象感到錯愕。方才空無一物的天空，不計其數全副武裝的八咫烏蜂擁而至，大烏鴉宛如海浪般井然有序，從高空中急速下降，丟下用網子搬運的大量石頭。騎在鳥形大烏鴉背上的人舉弓瞄準，接著成千上萬的石頭和箭矢宛如豪雨般從天而降。

輝也與急速下降的士兵四目相對的瞬間，一支箭射中了眼前的松樹。

「王八蛋！」

他們不是才去禁門支援，到底何時趕回來的？

慘叫聲此起彼落，但與剛才不同，這次是同伴的慘叫聲。

「你們瞎了眼，沒看到他嗎？」

眾人朝著發出吼叫聲的方向望去，石頭和箭矢霎時停了下來。

其中一名同伴拖著一位臉色蒼白、身材瘦高的男人從〈凌雲宮〉內走了出來來——那是如假包換的代理金烏。

一旦抓到人質，就有恃無恐了。內心如此暗忖的輝也，正想鬆一口氣，隨即聽到咻地一聲，不妙的聲響。

「啊啊啊——！」

上空飛來的一支無情的箭，硬生生刺中代理金烏的肩膀。

「好痛、好痛……！」代理金烏傷口流著血，痛哭出聲。

同伴啞然失色地仰頭看向天空，無數支箭從天而降射穿了同伴的身軀。

「住手，住手啊！」代理金烏哭著求饒。

無情的箭雨不停落下，為了趕盡殺絕，那些烏鴉似乎不惜犧牲自己的代理族長。

「他們是認真的嗎？」

無論多麼大聲質問，聲音也無法傳到上空。

原本挾持代理金烏的同伴，已全身插滿了箭，一命嗚呼。而代理金烏也身中好幾支流矢，蹲在地上瑟瑟發抖。

在屋內把烏鴉作為人肉盾牌的同伴，腦袋已中了箭，倒地不起；其他同伴試圖沿著原路折返，也被暴雨般的石頭擊中。即使同伴從下方丟擲石頭試圖反擊，下一剎那，身上就會出現無數支箭矢，接著被數不清的石頭砸中，就像熟透的柿子掉落在地上般血肉模糊。

冒著熱氣的內臟散落在庭院內精心修剪的樹木前，倒在地上的同伴失禁抽搐著，四周瀰漫著血腥味和屎尿的難聞氣味。

「輝也，快去倉庫！那裡有武器！」

聽到躲在暗處同伴的叫嚷聲，輝也猛然驚醒。

沒錯！倉庫內有武器，只要固守在倉庫內，或是……。想到這裡，輝也連滾帶爬地從樹木之間跑向儲備倉庫。

幸好離倉庫只剩下一小段距離。

他努力躲在暗處，閃避成千上萬的石頭和箭矢，冒著生命與幾位倖存的同伴一起跑向倉庫。他們用力敲破了門，闖進倉庫內，裡面大木箱堆積如山。

太好了！只要有了這些，仍然有勝算！

輝也用力揮下發顫的拳頭，打破箱蓋，探頭向木箱裡張望，頓時巨大的身軀一僵，一時之間懷疑自己看錯了。

「這是怎麼回事……？」同伴驚恐地問道。

木箱內空無一物。

輝也錯愕得不知該如何回答，他們在這空蕩淒慘的空間內惶恐失措。

「啊啊啊，啊啊啊啊！」輝也發瘋似地狂吼起來。

其他同伴敲破一個又一個木箱。

「沒有，什麼都沒有！」

「輝也，這到底怎麼回事？」

「武器不是都放在這裡嗎？」

這是根據小猿猴密探給的訊息，而且最先潛入調查的不是別人，正是輝也。

這裡不是應該儲備了大量武器嗎？輝也明明親眼看到士兵戒備森嚴，小心翼翼地把木箱搬進倉庫內。豈料，竟是雜亂堆放的空箱子，完全沒有此刻自己需要的東西。

「這是怎麼回事？那些死烏鴉在搞什麼鬼！」

同伴咒罵的聲音，此刻聽來十分遙遠。

事到如今，輝也終於意識到，為何那些趕往禁門的烏鴉會出現在自己的頭頂上。

驀地，倉庫上方閃現亮光，好幾個瓶子從敞開的小窗戶被丟擲進來，掉在地上碎裂，看似油的液體隨之四濺。

「啊啊……」輝也發出絕望的哀號聲。

火箭通過小窗射進來，轉眼之間，熊熊火光淹沒了他的視野。

翠寬趕到〈凌雲宮〉時，前往寺院的道路，已被鮮血染紅了。住在裡頭的人似乎都已逃走，到處都是一動也不動的八咫烏和猿猴的屍體。

代理金烏所住的〈凌雲院〉冒著黑煙，無數騎兵盤旋在上空。

「有人在嗎？」

翠寬聽著遠處傳來馬的叫聲，四處尋找是否有人受了傷無法動彈。

「不要！不要過來！」大街上傳來驚叫聲。

翠寬凝神一聽，發現叫聲傳來的地點後，忍不住咂嘴。

猿猴闖入孤苦伶仃的婦孺所聚集的〈天憐院〉。

「王八蛋！」翠寬咒罵著，迅速衝向寺院。

竟然連守衛那裡的士兵也撤走了，簡直瘋了！

當翠寬跑向尖叫方向時，回想起讓自己失去自由的那場會議。

「把凌雲宮作為誘餌！」

雪哉在正式成為參謀之後的會議上，提出了這個建議。

當巨猿突破禁門之後，召集了勁草院和羽林天軍的參謀，以及在野的兵法家一同討論對策，而身為地方代表的前全軍參謀翠寬，也受邀參加。

那場會議在勁草院的大講堂內舉行，那正是幾年前，翠寬被雪哉打敗的地方。

當晚，講堂內的照明火光，將與會者的臉映得陰森可怕。除了許多熟悉的面孔，翠寬發現統率全軍的大將軍，北家家主也是與會者之一。〈兵術〉盤上訓練時使用的空間中，放置了一張中央的詳細地圖，上面插著代表士兵的棋子。

雪哉站在盤上訓練時院士所站的位置。

「讓凌雲宮的警備唱空城計，誘導猿猴去那裡。」他環顧圍在地圖旁的兵術家說道。

將凌雲宮偽裝成士兵離開支援，引誘猿猴展開奇襲。雪哉斷言，這是唯一的方法。

「你的意思是……要把陛下和宮烏都當成誘餌嗎？」大將軍神情冷肅地訝然問道。

「那些達官貴人必定能夠理解，這將成為保護山內的基礎。」雪哉泰然自若回答。

「但是！」

「我們起初就明言，猿猴的威脅來自中央，是他們無視我們的警告，他們應該早就瞭解留在中央的危險性。」雪哉面帶微笑，嗓音中多一絲不易察覺的嘲弄。「自己的犧牲能換來山內的和平，必定會欣然接受。」

大將軍聞言噤了聲，不再贅言。

大將軍北大臣的任務，是整理參謀會議的意見，並在朝議時稟報。當朝廷搬遷時，參謀皆點出了〈凌雲宮〉的問題點，大將軍卻沒有運用這些的意見，成功說服其他大臣，因此他必須為此負起責任。

「事到如今，只能充分利用目前的狀況。」雪哉對著陷入沉默的外祖父，說道：「猿猴並非傻子，牠們懂我們的語言，也有能變成人形的，恐怕早有猿猴的奸細潛伏在山內。」目前尚不知猿猴是從哪裡進入山內，雖然朝廷已盡了最大努力調查，但百密必有一疏，無論投入再大的心力，情況都對入侵者有利。

萬一猿猴在市街的水井中投毒，必定會造成不可收拾的慘劇。〈凌雲宮〉所使用的大水井和膳房都能派人警備，不過這僅在中央能辦得到。若猿猴闖入山內後轉而前往地方，在各地投毒的話，就真的束手無策了。

雪哉主張，必須一口氣擊敗，甚至殲滅猿猴，避免長期戰。

「等一下！」其中一名參謀提出了意見。「我們並不知道猿猴的據點，或許牠們也生活在像山內這樣完全不同的異界。」

因為無論怎麼偵察，都無法徹底瞭解猿猴的戰力。

儘管面對其他參謀提出的不安，雪哉依然不為所動。

「的確無法排除猿猴有自己異界的可能性，然則若牠們具備遠超過我們的大規模戰力，正式展開攻擊時，我們毫無勝算。只能盡全力做好準備，祈禱牠們的力量不以為懼。」

「既然這樣……」

「雙方的戰力若勢均力敵，我們的戰略就有機會帶來勝利。」

其他參謀紛紛開口表達意見。

「猿猴已飢腸轆轆，所以才會想吃我們的同胞。」雪哉提高嗓音說道：「我猜想，牠們糧食供給不足的可能性相當高。」

至少牠們不會希望打持久戰。

「牠們應該很想盡快擊潰我們，然後要求我們提供山內的糧食或是活供。」

猿猴擄獲宮烏作為人質，無疑是最簡單有效的方法。只要用達官貴人或是他們的妻兒當做擋箭牌，要求進貢糧食，地方的貴族就得乖乖獻供。

「猿猴也心焦氣躁，要將牠們引出巢穴，並非不可能的事。」雪哉說完，攤開中央山地圖，指著其中一個地方說。「目前從地下街那裡接獲線報，已掌握到哪裡最可能是猿猴的闖入途徑，雖然我們付出了一定的代價。」

最有可能的，就是中央山上一片未開墾的山林。

「既然無法立刻完成有效的要塞來對抗猿猴的襲擊，乾脆反向利用，讓牠們以為只要攻下凌雲宮，就可以打敗我們。」

針對敵人的策略將計就計。

「若我是猿猴，就會在禁門前引發衝突，讓敵人的戰力都集中在中央山。趁凌雲宮警備鬆懈時發動猛攻，一舉奪下凌雲宮。在這種狀況下，分批投入戰力有百害而無一利。既然已經走投無路，就會不顧一切，把所有戰力都集中在這裡。」雪哉略頓，緩緩環顧在場的所有人，沉聲道：「我們把握住這個時機反擊，勝利就會屬於我們。」

兵力出動，虛搖一招，假裝前往禁門支援，實則守在附近待命。

當猿猴向〈凌雲宮〉展開進攻，隨即利用箭雨、落石反擊，迫使猿猴九死一生地逃到空無一物的倉庫。等到牠們發現中計時，必定感到驚慌失措，但為時已晚了。

「然後只要點火燒死牠們就好。」雪哉冷酷地淡然道。

眾人頓口無言，似乎被他的氣勢震懾。雖然每個人都假裝沉思，但顯然都在窺視眉頭深鎖的大將軍，等待他的意見。

「我反對！這個計畫太危險了。」翠寬打破寂靜說道：「你的計畫會讓凌雲宮內所有非戰鬥成員都遭遇危險。」

他難以置信提出如此荒唐的計畫，竟然沒有人表達意見。

「但是，與山內整體相比，不是微乎其微嗎？」

「簡直亂來！」翠寬怒斥道。

「這只是假設發生最糟糕的情況。」雪哉輕笑道，眼神卻絲毫沒有笑意。「若猿猴太愚蠢，沒這麼聰明，這些想法就只是我們杞人憂天、以防萬一的計畫。」

「我說的就是你這『以防萬一』的危險性！百姓因天災已苦不堪言，難道還要坐視他們送死嗎？現下不要再搬遷至凌雲宮了，盡可能安排更多人遠離中央。」

「這並非面對現狀的有效對策。」

「卻是能減少遭遇襲擊時的傷亡人數。」

「放任奸細四處摸清我們的底嗎？你提出的意見，根本是兩頭不討好的愚蠢方案。」

「只要做好長期抗戰的準備就好。仔細想清楚，到底哪個方案才愚蠢？」

「這是我想說的話。正因為當初沒有接受我們提出『放棄中央』的提議，搞得現下還得召開這個會議。請你不要忘記前提，提出更務實的解決方案。」

「我要表達的是，持續提議放棄中央，才是務實的解決方案！」

「既然這樣，你去請那些貴族放棄中央啊！不就是沒辦法做到，我們才聚在這裡討論，不是嗎？」

雪哉和翠寬互不相讓。

陡然，北大臣一錘定音，結束了他們的爭執。

「我已充分瞭解翠寬的意見，也明白最好放棄中央。」大將軍深歎了口氣，繼續說道：「不過，這是不瞭解朝廷現實的奢望，宮烏不可能如此輕易放棄中央。眼下採納雪哉的意見，比較洽當。」

「我也贊成。」

支持雪哉的聲音此起彼落，參加會議的人都認為，沒有比雪哉提出的方案更理想的。

然而，雪哉並沒有露出得意的表情，而是一副理所當然的態度接受了勝利。

翠寬無法欣然接受，他知道一旦自己屈服，會造成怎樣的後果，所以無法退縮。

「你們只是在追求簡單的方法！真的知道自己在說什麼嗎？」

「雪哉的提議很合理。」

「你的意見也有道理……只不過在目前的狀況下，這是唯一最妥善的做法。」

其他人露出帶著灰心和同情的眼神，無可奈何地表示認同。

雪哉的作戰方案看似此刻眼前的最佳選擇，只不過大部分與會者都太輕敵，認為不會發生這種最壞的情況，應該只有自己和雪哉兩人真正瞭解這個選擇的意義。

翠寬緊咬著牙根，忖度道：**那傢伙明知道後果，竟然還作為「最佳方案」的提議。**

「雪哉，你別亂搞，考慮清楚！」翠寬大聲喝斥道。

最後，翠寬仍舊無法推翻這個決定，也由於自己的持續強硬反彈，到最後以保密為由，將他關了起來。

「若你繼續鬧場，就請你離開。」士兵抓住翠寬的手臂說道。

當士兵將他拖離大講堂時，遠處傳來雪哉的說話聲。

「目前已對外放出消息：**地方也有猿猴出沒**。要利用這一點，讓貴族繼續集中在離宮。於此基礎上，假裝把大量武器和糧食送進凌雲宮。沒錯，就只是看似很重的空箱。」

「雪哉這個王八蛋！」翠寬厲聲怒叱。

當他衝進〈天憐院〉時，隔扇倒成一片，紙拉門也都破了。然後……在走廊深處，看到一隻猿猴正想抓住女人！

翠寬立即拔刀衝向前去，在猿猴回過頭的同時，一刀砍向猿猴的臉。猿猴嚇了一跳，他一把將女人從猿猴手中搶了過來。

「妳在幹什麼？趕快逃出去！」翠寬雙眼緊盯著猿猴，對著躲到他背後的女人大吼：「快變成鳥形飛離這裡。」

「但是，孩子……我沒辦法抱著孩子飛！」女人滿臉驚恐地抱著嬰兒。

「妳趕快出去，等我收拾完這個傢伙就來當馬。」翠寬忍不住咂舌道。

翠寬話聲剛落，背後傳來猿猴大聲說話的聲音，另一隻猿猴從房子深處衝了出來。

「快走！」

翠寬把母子推向院子的方向，轉身面對兩隻猿猴。

「妖怪，別小看我們！」

翠寬雖然離開了第一線，卻從未疏於鍛鍊。

兩隻猿猴似乎不顧一切想抓人質，跑向院子想追女人。翠寬為了阻止猿猴，輕砍了一刀後向後跳開。猿猴遭到阻止後，不耐煩地一揮手臂，被打破的門窗應聲倒下。

「呀啊啊——！」

自猿猴身後乍然衝出一名少年，手持矛槍，他是這寺院的神官。當矛槍快刺中猿猴時，猿猴一把抓住了槍柄，用力搶了過去。

「你不是對手，快逃！」翠寬硬聲發出警告，卻已經來不及。

只見猿猴揮動矛槍，將少年神官甩了出去，神官撞到牆壁，頹然地倒在地上，猿猴把矛槍對準了他……

來不及救他了！正當翠寬閃過此念頭時，有人衝了出來，擋在神官面前。

那人身上的紅色衣服飄起，繡著金色車輪的紋樣閃著金光。他用普通人根本拿不動的大刀，毫不留情地刺向猿猴心臟，接著身手矯捷地反手一刀，割斷了另一隻猿猴的咽喉。**咚！**猿猴發出沉重的聲音倒在地上。

翠寬定睛看著猿猴身後的男人，不禁瞠目結舌。

「嘿，你很帥嘛！」對方用一如往常的狂妄語氣向他打招呼。

「路近……」翠寬沒有問他為何會在這裡，看到不計其數的神官跟著路近陸續趕到，他咂著嘴說：「那小鬼真是太令人氣憤了！」

長束一直待在〈明鏡院〉聽取戰況報告。

〈明鏡院〉內搭建了大帳篷，大將軍玄哉公和參謀總部的人都聚集在此。由於此處的地理位置，比起勁草院和〈招陽宮〉，更接近〈凌雲宮〉，因此被選為據點。

雪哉之所以事先向長束說明作戰計畫，或許也是因為當需要利用〈凌雲宮〉時，希望可以避免無謂的爭執。

當雪哉接獲神域的猿猴採取行動的消息後，並沒有通知長束，就擅自決定邀請作戰相關人員在〈明鏡院〉集合。

長束心情複雜地看著，雪哉不斷聽取接獲報告、下達指示的身影。

「襲擊者當中也有看起來像是女人和孩童。」

「不要讓任何一隻猿猴活著回去，要徹底殲滅。」雪哉語氣堅定地下令：「沒有傻瓜會同情害蟲的卵，必須斬草除根。」

「是！」

「請等一下。」

真赭薄目送傳令兵離去後開了口，雪哉瞥了她一眼，臉上沒有客套的笑容。

「怎麼了？現在很忙。」雪哉雖一臉恭敬，語氣卻十分漠然。「若能稍後再談，我將感恩不盡。」

「你，你想把我們當成誘餌嗎？」真赭薄嗓音發顫地問道，似乎察覺到什麼。「除了代理金烏和大紫皇后，濱木綿也在凌雲宮內。」

「紫苑寺離凌雲院有一段距離，遭到攻擊的可能性很低。」

「這不是重點，你這傢伙有沒有人性，到底在想什麼？」真赭薄怒不可抑地嬌吼。

「所以呢？」雪哉不耐煩地轉身看向真赭薄，冷嗤道：「即使妳認為我沒人性也無妨，無謂地拉長戰線，造成不必要的犧牲才是愚蠢。只要能夠避免這種情況，就算要我變成魔鬼也無所謂。」他略頓，冷然的眼眸掠過一抹陰沉。「值得慶幸的是，長束親王派出手下神兵，在路近大人的指揮下前往救援，因此不會發生太糟糕的情況。」

長東的手下路近算是〈明鏡院〉的神官，路近的手下也一樣。長東雖然答應不會透露作戰內容，但要求必須將自己手下的士兵，以神官的身分送進〈凌雲宮〉。只要是神官打扮，奸細應該不會產生警戒，反而會誤認為是〈凌雲宮〉是兵力。

如今回想起來，雪哉很可能猜到長東會提出這種要求，才會選擇向長東坦白作戰內容。雖然每個環節都被雪哉充分利用，然則長東能理解雪哉的想法，也更加無法表達不滿。反倒是直率的真赭薄，毫不掩飾地向雪哉表達出內心的憤怒。

「你竟然派路近的士兵去最危險的地方……」

「必須有人承擔這個任務。」雪哉一臉理所當然說道。

「你真是無血無淚。」真赭薄瞋目切齒地表達內心的憤怒。

「姊姊，這也是無可奈何的事。」明留上前試圖勸阻。

「哪裡無可奈何！」

雪哉越聽越不耐煩，冷厲地瞇起雙眸。

「真赭薄女史，凡事都有先後順序。」

打仗之前，必須努力避免發生戰爭，確實是如此。

「妳努力想避免戰爭發生，卻無功而返。也就是說，妳輸了。」雪哉眼神流露出一縷陰沉，語氣卻始終沉穩冷靜。「既然戰爭已經開打，妳就沒有權利插嘴。」

「這是兩回事……」

「我要說的是，這裡是我們的戰場，女人閃一邊去。」

真赭薄呼吸一窒，噤聲不語。

遠遠聆聽他們對話的大將軍緩緩移開視線，其他參謀也裝作若無其事。

長束覺得眼前的一切十分詭異，卻又感到無可奈何。

經過宛如永遠般漫長的瞬間，新的傳令兵衝了進來。

「參謀，一切準備就緒。」

轉頭一看，勁草院的院生已列隊完成，準備前往〈凌雲宮〉支援。

雪哉滿面笑容走到院生面前，方才與真赭薄之間的摩擦，好像完全不存在似地。

「歡迎你們加入，我只有一個命令！」雪哉深吸一口氣後，大聲下令：「斬盡殺絕，片甲不留！不能讓任何一隻小猿猴活著離開！」

勁草院的少年們被他懾人的氣勢嚇到。

「母猴會生小猿猴，小猿猴遲早會長大。」雪哉情緒激昂地鼓舞道：「所有的猿猴都是敵人，一旦心生慈悲，就會有一百倍的敵人回來報仇。」

絕對不能留下任何活口。

「否則，就輪到我們面臨滅亡。我們的朋友、父母、妻子、兄弟姊妹，甚至我們的兒女都會被牠們啃食。」雪哉曉以大義地說道：「為了守護所愛的人，保衛心愛的故鄉，捍衛我們自身和尊嚴，必須將猿猴殺個精光！我們才是正義！」

少年們斂起臉上的恐懼，露出嚴肅的表情。

「若是仍然有人認為殺戮有罪，我會扛下你們所有的罪！」

少年的臉頰都露出激動的紅暈，他們緊抿雙唇，純潔的眼眸專注凝視著年輕的參謀。

「格殺勿論！」雪哉渾身散發殺伐之氣，厲聲道：「殺無赦！見猿猴就殺，放心大膽地大開殺戒！必須牢記在心，猿猴殺得越多，越代表正義！」

語畢，只見他指向〈凌雲宮〉的方向下令。

「出發！」

一聲令下，毅然起飛出發的院生當中，還有年紀尚輕的雪哉胞弟也在其中。

雪哉目送他們離去的背影，已完全感受不到以前少年的模樣。

真赭薄目不斜視地注視著雪哉，倏忽像是失去興趣般，默默無語轉過身，背對著雪哉邁步離開。

「真赭薄女史，妳要去哪裡？」長束忍不住開口喊住她。

「我要去紫苑寺，回到濱木綿身邊。」真赭薄一臉平靜地說：「我猜想會有許多受傷的人被送去那裡。」

〈紫苑寺〉離大街中心尚有一段距離，猿猴應該暫時不會跑過去；若我方獲勝的話，那裡的確可能會成為救護所。

「姊姊！」

「你不要阻攔我。」

明留想抓住胞姊的衣袖，卻遭到真赭薄然拒絕，他遲疑了片刻，緩緩鬆開手。

真赭薄熟練地變身，朝著西方天空飛去，長束和明留的目光只能隨著她遠去。

開戰後經過不到兩個時辰，戰況漸漸穩定。

被當作誘餌的代理金烏雖身受重傷，並無危及生命。即便猿猴使出聲東擊西，遭到攻擊的禁門也沒有造成太大的傷亡。

雪哉接獲這些消息後，終於來到凌雲山，那裡已成一片血海。大街上到處都是猿猴的屍體，而神兵和遭到連累身亡的八咫烏遺體都覆蓋了草蓆。

然而，即使看到這些無辜的屍體，雪哉的內心也沒有絲毫懊悔。

我只是做了該做的事，以後也會繼續做自己該做的事。

「參謀，從猿猴的足跡來看，已查到牠們的出入口。」

「辛苦了。」聽取報告的雪哉，頷首說道。

地下街提供的線報果然無誤，在中央山和凌雲山之間，發現一個像岩石裂縫的洞穴。

由於第二批猿猴或許會從那裡進攻，雪哉命令士兵嚴密駐守後，便返回〈明鏡院〉。

然而，一等再等，洞穴仍舊毫無動靜，經過一段時間，士兵開始感到困惑。襲擊〈凌雲宮〉的猿猴比事先預測得更少，原本做好還有後續攻擊的心理準備，但實在太安靜了。

難道猿猴先行撤退，打算重整旗鼓？

現場指揮官派偵察兵進入洞穴，即便走到深處，也感受不到任何生命的動靜。

〈明鏡院〉接獲報告後，站在雪哉身旁的治真露出苦思不解的表情。

「怎麼可能……」他不由得直泛嘀咕。

只有這些猿猴而已？

奈月彥和英雄一起回到了神域，發現四周一片寂靜，不禁感到驚詫。

「……不是與猿猴全面開戰了嗎？」

英雄的狗站在錯愕不已的奈月彥面前，皺著鼻子嗅聞了半晌後，發出低吠聲。

「有血腥味。走吧！那傢伙在裡面。」英雄說完，先行踏進神域深處。

他們走了一段距離後，漸漸聞到濃烈的血腥味，循著血腥味一路來到了禁門。

敞開的禁門一直到山內的石壘為止，中間躺了十幾具猿猴的屍體，地面有燒焦的痕跡，尚未氧化的鮮血好像盛開的龍爪花，蓋在地面的焦痕上。

那裡只有一個影子，凝神一看，巨猿站在那裡。

只見牠獨自杵在充斥紅色和黑色的可怕空間當中，既沒有扶起倒地的同伴，也沒有哀悼，只是一動不動地盯視著。

「你！」奈月彥愕然地叫喊出聲。

「喔喔，你終於回來了，我正在這裡等你。」巨猿聞聲轉過頭，對著奈月彥笑道。

「這到底……？」

「放心吧！你們贏得全面勝利。啊呀！了不起，太了不起了，我已無一兵一卒了。」巨猿竟然神清氣爽地仰天大笑。「只要殺了我，就大功告成囉！」

「我身為消滅妖怪的英雄來到此地，不需你提醒，我也會殺你。」英雄對著巨猿的笑臉說完，眉心微蹙地低喃道：「為什麼？」

「為何要做這種事？你的手下……已寥寥無幾了，不是嗎？」奈月彥驚愕的清眸瞠大。

事實上，八咫烏所擔心的猿猴異世界，根本就不存在，只有巨猿的眷屬住在黑暗的洞穴內，服侍山神，勉強度日。

「你們與八咫烏的戰力有明顯的落差，應該早就明白會全軍覆沒吧？」英雄發自內心感到不解。「我並不打算對那些小猿猴出手，牠們只要當普通的猿猴，就能夠繼續生存下去。你根本沒必要魯莽地對八咫烏展開攻擊，讓所有猿猴都送死……」

既然自己是消滅妖怪的英雄，理當取下食人猿的首級，但有些小猿猴尚未啃食人肉。

巨猿聽聞斂起了笑容，竟露出一絲寂寞的表情。

「……若要這麼說，我們從很久以前，早在五百年前就已死了，事到如今……」巨猿說到這裡停頓了片刻，將視線移到奈月彥身上。「照理說，我們早已不存在了，之所以還像幽魂般地活到今日，就是為了此時此刻，能和烏鴉族長，就是和你說幾句話。」

「和我說話……？」

「沒錯，我知道你為何無法找回記憶。」

奈月彥瞳孔倏地一縮，傻目厲瞠。

「你是否尚未找回記憶？」巨猿露出悠然的笑容。「你最多僅回想起一百年前的事情，再更早之前的，還是完全想不起來，甚至不知自己是誰。」

要不要我來告訴你？巨猿的表情平靜無波。

奈月彥默默無聲，巨猿的視線從他身上移開。

「新山神，我不會逃，也不會躲，能否給我些時間？」牠向英雄躬身請求道。

巨猿的語氣十分恭敬，英雄瞥了奈月彥一眼，默默退後幾步，靠在大狗身上。

巨猿察覺到英雄藉此向牠表示同意，再度鞠躬道謝，轉身面對奈月彥。

「來說說陳年往事吧！」

那是很久很久以前，強大的天神降臨之前的事。

以前這座山上到處都是神。湖中有神，村莊的農田中也有神，樹木、野獸、風、雨、雷鳴，所有事物和現象都有各自的神。

猴子和烏鴉則是這座山的主人，猴子和烏鴉都是太陽的眷屬。

人類在湖畔開墾了農田，然後建了神社，供奉兩位神。只不過，供品僅祭拜其中一位神，另一位神就會生氣作亂。久而久之，就有了一條不成文的規定——祭拜時，一定要公平對待兩位神。

一山有二神。

雖然兩位神之間的關係並不融洽，卻也算是和平共處，因為必須齊心協力，才能夠治理這座山。儘管兩位神有時會吵架，但不知從何時開始，一起共同守護這座山多年，兩位神之間也建立了不容第三者介入的關係。

然而，就在某個時期之後，山上的狀況發生了巨大的改變。

某天，烏鴉的眷屬帶著擁有強大力量的雷神來到此地，祂們從都城來投靠這裡。祂們身穿從未見過的華麗服裝，具備來自國外的才智，坐在都城顯貴專用的牛車上，浩浩蕩蕩來到此地。然後要求烏鴉和猴子交出這座山，成為神使服侍自己。

猴子大驚失色，思忖道：這是自己和烏鴉的山，怎麼可能輕易交出去？

豈料，一直以來有共同意識的烏鴉，竟然舉雙手贊成雷神和自己的眷屬。

「這座山原本的主人，被要求降級成為神使，烏鴉竟然說：『那有什麼問題？』原因很簡單，那傢伙愛上了引領雷神來到此地的公烏鴉。」

來自都城的那些儀表堂堂的男神，對烏鴉和猴子表示，只要願意把山交給祂們，就能讓烏鴉和猴子擁有人的外形。

「祂們說：能賜予你們語言，賜予你們才智，賜予你們文明。」

太可笑了！巨猿一臉輕蔑不屑。

「在祂們眼中，我們是什麼都不懂、既窮酸又卑賤的愚蠢動物。但我們明明有自己的語言，自己的才智，甚至自己的文化。」

那是在這片土地生活多年，身為古老土地神的自負，和日積月累的智慧結晶。比蜘蛛絲上的朝露更加閃耀，是那些珠光寶氣、錦衣玉食之輩不可能理解的。

那是帶著土氣和獸性，卻又充滿溫暖的原始行為。

雖然在祂們眼中，這一切看起來毫無意義，卻是具有明確的含意。猴子有猴子的驕傲，就算與都城的人大相徑庭，但對猴子來說，比任何一切更有價值。

「烏鴉不可能不明白這件事。因為這是理所當然的事，在那一刻之前，烏鴉內心也有和我們相同的東西。」

然而，烏鴉的族長竟毫不猶豫地選擇了捨棄。

都城的神粗暴地闖入原本純樸美麗、名為〈山內〉的封閉異界，並在山上設置了像都城那般的朝廷，為貴族建造宅院。他們將母猴原本一身柔軟溫暖的皮毛，變成光溜溜的皮膚和瘦弱的骨骼。甚至燒光結滿果實的樹木，在開墾的農田種稻，要求猴子開始食用稻米。

猴子並不需要又硬又醜的房子，祂們只想要樹枝粗壯的樹木。無法爬樹的身軀毫無魅力可言，滋味濃郁的堅硬核桃，比軟趴趴的白飯更加美味。

「但是，你當時這麼對我說……」巨猿瞪視著奈月彥，切齒道：「『**我們一起供奉山神大人，從此邁向豐衣足食的高尚生活，你到底有何不滿？**』甚至露出一臉發自內心感到不解的表情！」

由於烏鴉住在這座山上，才能夠從都城請來偉大的神。烏鴉認定猴子理當心存感謝，深信猴子會喜極而泣，感激不盡。

「是啊！你們當然覺得這樣很好。」

因為是你們的親人來到此地，肯定不會感到屈辱，還能夠抬頭挺胸迎接祂們。

烏鴉自始至終都沒有發現，自己和猴子的狀況截然不同。

「烏鴉想要當神使，自己去當便罷了，我才不願意被毫無瓜葛的神明使喚，因此我明確表示：**我不願意！**」巨猿惡聲惡氣地忿忿道：「為何不行？我想要保護對猴子而言，最重要事物。和你們不同，我們決定採取全力抵抗。沒想到你竟然靠都城的神撐腰，試圖用武力讓我們服從！」

我不想和你打仗，但我有義務保護自己的同伴。既然你們想要害我們，那我們也只能不擇手段。烏鴉帶著悲傷的表情訴說著，好似祂們才是受害者。

「開什麼玩笑！明明是你們先動手。」巨猿發自內心的火氣更加飆竄。

都城的雷神靠武力成為山神，烏鴉成為山神的神使，為了懲罰反抗的猴子，將山內深處的異界全都歸烏鴉所有。都城烏鴉的四個兒子得到了領地，由他們負責開墾。原本住在山內的烏鴉族長，與來自都城的公烏鴉生了一個孩子。

「那孩子正是你們認為尊貴不凡，稱為『宗家』的第一人。」

母烏鴉交出這座山之後，身為一介神使，很快便壽終正寢，來自都城的公烏鴉也回歸了大自然。而宗家誕生的〈真金烏〉繼承了那兩隻烏鴉的神性和記憶，成為山內的管理者。

——**金烏乃所有八咫烏之父、之母。**

原來那句話是這個意思。奈月彥背脊一凜，瞳底掠過深思的薄光。

「我的眷屬被迫以人形為山神工作，穿上衣服，學會人類的語言，也得學習寫字。」

巨猿繼續痛訴道：「我們並不想要這種繁榮，我們是猴子，為何不能過猴子的生活？是你們踐踏了我們的尊嚴。那時，我們的確已經死過了一次，卻又成為豐衣足食的奴隸復活了過來。」巨猿悲憤地握緊雙拳，對著奈月彥質問道：「……你真心認為我們會對你們假仁假義的自我滿足，心存感激嗎？」

不知道！完全不記得這些事。

巨猿凝睇著奈月彥的清眉間浮現罕見的愧疚之情，不屑地冷嗤一聲。

「沒錯，你忘了這一切。即便你遺忘了，我們也不會忘記，一刻都不曾忘卻。」

巨猿一直等待報復的機會。在漫長的歲月中，在山神面前俯首稱臣，內心的怨恨無處宣洩，日積月累。經過數百年後，這座山終於發生了變化。

本地的人類持續進貢巫女，這些巫女之前都充分發揮玉依姬的功能，只不過終將必須面對，玉依姬不再是玉依姬的日子。

作為巫女供奉給山神的女人，開始不願意為神獻身，更想要為自己而活。神明的神性越來越薄弱，逐漸失去人類信仰的時代來臨。

這時，巨猿得知來自都城的神，也開始遺忘自己的真面目。

「我認為這是大好機會，當然沒有理由錯過。」

於是，巨猿想到一個妙計——讓山神從神淪落為妖怪，進而消滅八咫烏，摧毀山內。

巨猿挑撥山神與玉依姬之間的信任，唆使山神吃人肉，促使山神變成妖怪，同時瓦解山神對於躲在山內的烏鴉的信任。

巨猿最痛恨烏鴉。

「烏鴉背叛了我，所以我決定要徹底擊潰烏鴉，讓他們悔恨不已，即使因此造成一族的毀滅，我也在所不惜。」

「你為何連自己的同伴也……？」奈月彥搖首歎問道。

「剛才已經說了，我們已死過一次。」巨猿一臉猙獰地諷笑道：「對我來說，比起如同我兒孫的猴族發展，或是與我同血肉般的同胞生存，能夠瞧見你們生不如死更加重要。這是無可奈何的事，更是猴族的心願。事到如今，你沒資格對此說長道短。」

「我不能理解，完全無法理解……。」

奈月彥感到不寒而慄，他無法理解巨猿為了復仇，不惜犧牲同胞的想法。

「把以前的事忘得一乾二淨，還說無法理解的傢伙，比吃人的妖怪更加可怕。」巨猿陰惻惻地橫了奈月彥一眼，獰笑道：「你無法找回記憶？這是理所當然的。因為那是你毫不猶豫捨棄對自己不利的部分，甚至是欣然接受這樣的自己。」

一旦捨棄的東西，不可能再重新尋回。

「一百年前，你對山神感到心灰意冷的同時，也放棄了自己身為神使的使命。是你主動拋棄以前與山神一起來到此地的記憶。」

在封印禁門的瞬間，那律彥認為「只能捨棄」，於是真的就割捨了。然而，他捨棄的部分不僅包含了山神，也包含了侍奉山神的自己。

「那傢伙以前是山神，也是八咫烏的族長吔！將山神的寶座拱手讓給雷神之後，一度丟棄自己的名字；這次甚至放棄了原本視為自身的一半、來自都城之神的名字。」

烏鴉接連捨棄構成自己的部分，捨棄、捨棄、再捨棄。事到如今，發現山內岌岌可危，才慌忙想要撿拾殘骸，當然難以如願。

在山內面臨危機之際，只尋回想要守護居住在山內同族的部分，因此新誕生的金烏缺乏身為神的自我和記憶，只具備身為管理者的機能。

那是面對極限，最後擠出的一絲力量。

「這就是你的真面目。」巨猿說完，從喉嚨深處發出譏笑聲。「在井邊見到你時，我實在太驚訝了。因為你不但失去身為神的自我，也遺忘了以前與我一起治理此地的回憶，以及跟著山神來到這裡的記憶。」

簡直狼狽不堪，慘不忍睹。

「不過，看到你忘卻一切，像是孩童般不知所措的樣子，我實在很痛快。你努力想讓同族生存下去，醜惡地巴著這個世界的執著殘骸……就是現在的你。」巨猿略頓，倏然收起笑容，冷諷道：「說到底，你滿腦子只有自己的同族。在這個過程中，你會毫不猶豫放棄自己認為已不重要的盟友和主子。」

既然這樣……

「當背叛的對象向你展開報復時，難道你不該心甘情願地承受嗎？」

奈月彥悲慟的心揪疼不已，事到如今，他根本無計可施。

「我問你，」巨猿說著，一步步逼近奈月彥，「徹底忘記自己的罪孽，忘記對自己不利的部分，很開心吧？」

想必一定很輕鬆，只是如今必須承擔當年種下的惡果。

「太可笑了，沒想到你竟然遺忘了一切，然後與自己的同族躲在山內，享受和平。」

哼！巨猿暗嗤一聲。

「身為管理者，你在山內的確無所不能；一旦離開了山內，你便無能為力。這也是你選擇的結果。」巨猿說著，緩緩自奈月彥身旁走過。「你們躲藏於山內，天真地亂起內鬨，以良善者的身分過日子。在這段期間，我們一直在神域侍奉著山神。」

被悉心照料的山神，在我們的挑撥之下，內心種下不信任的種子，進而與巫女相互仇視，厭惡八咫烏，最終變成妖怪。

「我們打從心底憎恨你們，一心只想著要復仇，持續奮戰至今，而你們竟然什麼都不記得了！」巨猿的金瞳中射出凌厲猙獰的凶光，咆哮道：「那律彥把真相藏在心中，沒有傳給後世就死了，導致現在的八咫烏對於我們的仇恨一無所知。太厲害了！太令人佩服！單向的憎惡能成為力量，而你們把自己的所作所為忘得一乾二淨，將我們視為妖怪恨之入骨，高聲吶喊自己才是正義。」

一切就到你為止吧！

「別太過藐視我們的憎恨。」巨猿一臉忻忻得意地俯睨著，從齒縫擠出聲音，切齒道：

「你們這群叛徒，我們同歸於盡吧！」

奈月彥在牠的睥睨下，發麻的腦袋倏然回想起：小猿綁架勁草院的院生，要求他打開禁門。小猿必定是察覺到巨猿為了報復，試圖把山神變成妖怪的計謀，因此努力想避免這種情況發生。

事到如今，終於瞭解小猿大聲疾呼，請他返回神域的意思。

那時的山神尚未吃人肉，只要奈月彥回到神域，重新成為神使，避免山神誤入歧途，甚至妖化。即使當時已在危險的邊緣，但還有機會挽回。

然而，奈月彥沒有意識到小猿的用意。在他渾噩地回到山內後，山神終究啃食了活供的肉。當時山內發生大地震，那正是山神吃人肉、正式妖化的決定性時刻。

巨猿刻意等到這一天，才邀請奈月彥進入神域。因為牠猜想八咫烏無論再怎麼掙扎，也絕對無法再挽回當時的事態。

「並非無路可走啊……」奈月彥頹然垂首，苦澀地喃喃自語。

「若我說，確實有方法能避免山內毀滅，你會怎麼辦？」

奈月彥聞言忽地揚顎，清眸大睜。

禁門前雖無明確的光源，四周卻有微微亮光。在暗昏光線映照下的巨猿，站在滿是鮮血的地上，發自內心愉悅地凝視奈月彥。

「儘管無法回到從前，但至少有方法能保護八咫烏。你都沒察覺到這件事嗎？」

奈月彥困難地嚥了嚥口水，他感到口乾舌燥。

「只要尋回原本身為神明，和猿猴一起治理這座山時的名字，不就解決了。」巨猿說完，倏地露出妖魅般的詭譎笑容。「然後啊！然後，這個世界上，不是有人，有唯一的那麼一個人，記得你，以前的名字嗎？」

巨猿笑逐顏開，簡直像是感受到大快人心的喜悅。

「沒錯，就是我！」

奈月彥呼吸一窒，訝然無語地看著巨猿。

「要不要我告訴你？想不想知道自己真正的名字？」巨猿滿心歡喜地笑道：「由於我讓你瞭解了這一切，現下你已知曉自己的來歷，真是太好了！現在的你，或許能夠靠這個名字，找回身為山神的記憶喔！如何？難道你不希望我告訴你嗎？」

「……我希望……你能告訴我……」奈月彥的嗓聲瘖啞得幾乎快聽不見。

霍地，巨猿一臉陰鷙，雙眸森然冰寒，全身散發出冷冽懾人氣勢。

「你真想知道的話，跪下親吻地面，用整個身心乞求我的原諒。」牠語氣陰沉地厲聲道：「是你害我們變成了妖怪，風水輪流轉，如今你的子民成為妖怪的食物，這都是你咎由自取。後悔了嗎？嗯？若你想道歉，可以！快向我道歉，也許還來得及。」

巨猿冷視著奈月彥，像是坐山觀虎鬥般的抱著雙臂，倨傲地揚起下巴。

周遭一片寂靜，聽不到任何聲音，僅有自己不平穩的呼吸聲，眼前的狀況已不允許自己再猶豫了。

奈月彥從始終一語不發的新山神身旁離開，腳步蹣跚地走向巨猿。雖然只有十幾步，對奈月彥而言，卻像沒有盡頭的漫長距離，他感到自己的呼吸冰冷，腳步聲聽起來很虛浮。

經歷宛如酷刑般的剎那之後，他終於來到巨猿面前，滿地都是遭到烏鴉殘殺的猿猴屍體。他雙膝緩緩屈下，仰首跪在屍體流出的血泊當中，巨猿面無表情地睥睨著他。

「……真的很抱歉，請原諒我。」奈月彥俯伏於地，歉疚道：「我對你們缺乏誠意，因我的關係，害你們成了妖怪。」

全都是我的過錯。

「我承認，一切都是我的錯，所以……希望你能原諒我。」

奈月彥悔悟的嗓音輕顫微啞，他跪伏在地，不知巨猿露出怎樣的表情俯視自己。

過了半晌，寂靜的四周忽然傳來巨猿怔怔的喃喃自語。

「啊啊——啊啊——！好久，真的好久……」

經過這麼漫長的歲月，終於等到了這一天。

奈月彥聞聲猛地抬首，眼前的巨猿熱淚盈眶，一直仰著頭。

不知牠的雙眼正注視著什麼？是和烏鴉一起同為山神，統治這座山時的回憶？還是遭到背叛之後，至今為止的復仇記憶？或是關於那些死去同胞的追憶？

巨猿緩緩低下頭，兩眼一瞬也不瞬地凝視奈月彥，兩人四目相對，片刻後，巨猿露出發自內心的微笑。

「誰要原諒你？」巨猿的聲調極其輕柔。「事已至此，別說笑了！你們這些篡位者、掠奪者，我發過毒誓絕不原諒你們。如今，毋須你的道歉，我已心滿意足。你就帶著對我們的憎恨、後悔、絕望和對自己的憐憫，悲慘地走向毀滅吧！」

話語一落，牠立刻撿起死去同胞的刀子，高舉了起來。

「咎由自取！」

「不要！」奈月彥驚愕地厲吼。

巨猿不理會奈月彥的制止聲，狠狠將刀子刺進自己的胸口，拔出的瞬間，噴出美麗的鮮紅。奈月彥跑過去伸手想要捂住傷口，巨猿笑著漠然推開他的手。

牠的生命力漸漸流失，輕快嘶啞的笑聲卻越來越高亢，最後變成了優美的嗓音。

豈料，不可思議的事發生了。

隨著鮮血不斷湧出，巨猿的外形也發生了變化——原本滿是皺紋的臉，變成光滑的玫瑰色，被毛皮覆蓋的頭長出了富有光澤的黑髮。

啊哈哈哈——。發出歡樂且優雅笑聲的，是一名年輕美麗的女子。

然而，那身影在轉眼之間就消失得無影無蹤。

當奈月彥從震撼中回過神，地上只剩下一具猶如木乃伊般乾枯的瘦小猿猴屍體。

「……這座山已經完蛋了。」

自始自終靜觀一切的英雄，對著跪坐在巨猿屍骸前的奈月彥，平靜地陳述事實。

「既然沒有人持續祭祀，山神就無法以之前的方式繼續存在，從前的古老山神之名在剛才已永遠失去。」

山內最終只能走向滅亡。

雖說是十年後或是百年後的事，但註定會走向滅亡。過去的自己無法理解這件事，縱使別人遺忘了，只要能夠持續擁有自我認識，就能夠繼續存在。

孰料，自我認識原來早已被自己捨棄了。

「為何……為何我會忘記……」

「您完全不必在意這件事。」

奈月彥聞聲訝然，揚顎定睛一看，發現石壘後方出現了好幾道人影。禁門兩側淡淡發光的流水，映照在代表參謀的懸帶上，金色刺繡發出光芒。

一身漆黑羽衣的雪哉毅然地走了過來，一頭柔軟的頭髮隨著動作飄動，明留、長束和臉色蒼白的神祇大副也隨之在後。

「雪哉！你，你怎麼會在這裡？」奈月彥一時思緒打結，反應不過來。

雪哉鎮定自若地瞥了一眼周圍的屍體。

「臣指揮殲滅了猿猴。聽天狗說，殿下已回到山內，而且還有最大的漏網之魚，所以我來這裡剷除。」雪哉平靜無波的眸光，不帶任何情緒。「臣自認瞭解殿下的想法，這是遙遠過去的事了，已無人能夠辨別真偽。殿下不能受到自身贖罪意識的影響，讓您必須保護的百姓承受不必要的重大責任。」

「雪哉！」奈月彥厲聲怒斥道。

這些往事必定存在，只是自己無法憶起，猿猴的怨念就是最好的證明。

「若想讓我們明白，牠們就必須證明，既然無肉眼可見的證據，我們根本沒有義務相信。」雪哉輕蔑地垂首看著乾枯的巨猿屍骸，冷嗤道：「若殿下是神力的殘骸，那巨猿也同樣是耗損的神，無人能證明牠說的話有幾分真實。」

他露出堅定的眼神看向皇太子。

「更何況，小猿並不憎恨我們，或許甚至還感謝我們。巨猿竟然認為所有眷屬都和牠的想法一樣，根本已失去理智。」

「但吾不該將一切都遺忘……」奈月彥帶著壓抑的沉痛，溫潤的嗓音略啞道：「吾犯了錯，吾犯了罪，不知該如何彌補猿猴……」

雪哉聽了奈月彥這番話，發出與眼前氣氛格格不入的訕笑聲。

「根本沒必要彌補。」

「但是……」奈月彥嘗試想讓雪哉理解。

「殿下，難道您要說，因為要彌補，所以茂丸就該死嗎？」雪哉怒目圓睜地反問，接著舉起輕顫的手指向巨猿的屍體，漲紅了臉怒吼出痛楚。「這傢伙殺了臣的朋友！想要啃食臣的家人！即使這是復仇，臣也無法原諒牠們！對於將牠們誅盡殺絕，臣毫不後悔！絕對不可能向牠們道歉！」

「雪哉……」

「牠們才是自作自受！俗話說得好，這就是死無對證！」

奈月彥頓口無言，因為他從雪哉那雙燃燒般的眼眸中，看穿了他的心緒。

無法承認！不想承認……不能承認！

「牠們若真心想讓我們後悔，就不該訴諸武力。既然牠們對我們做了同樣的事，就沒有資格怪罪我們！」

不可思議的是，雪哉咆哮的身影，與他所憎恨的猿神很相似。

無論正當化還是合理化，都是事後的牽強附會，其中並不存在真相。

「巨猿被往事困住，不惜讓自己的眷屬都遭到消滅，簡直是蠢之極致！」

「雪哉，吾不想再犯同樣的錯。」

哈，哈，哈——。雪哉發出瘖啞的苦澀低笑。

「已經沒有能犯錯的對象了。山內遲早會崩壞，這件事無法改變。正因為如此，我們的責任，就是讓山內用最好的方式毀滅。」雪哉停頓了片刻後，抬起頭，一臉嚴肅地說道：「總之，和猿猴之間的往事，請不要讓山內的百姓知道。而臣也會連同這個秘密一起保護殿下，因此您得永遠對此緘口不言。」

您或許是神的殘骸，卻還是我們的族長，這件事不會改變。

「請殿下務必銘記在心。」雪哉靜靜說完，正準備轉身，倏地瞪向腳下的巨猿屍體，冷笑道：「……很遺憾，我並沒有絕望，也不感到後悔，誰要回顧往事！」

皇太子看著雪哉備受煎熬的扭曲笑容，終於瞭解到博陸侯景樹的意圖……

他是為了雪哉而焚書。

天亮了。

雪雉瞥見東方天空吐出一抹魚肚白，悄悄擦拭額頭的汗水。

勁草院的院生正在凌雲山收拾戰場，他們將傷兵送去救護所，遺體則搬到指定的地點。遭到殺害的里烏家屬都聚在猿猴屍體旁，淌著傷心的淚，向牠們丟擲石頭，或是用腳猛踹遺體，沒有任何人制止他們。

正規士兵並無放鬆警戒，守在〈凌雲宮〉待命，隨時做好起飛應戰的準備。

兄長前往禁門已過了一整晚。**不知雪哉哥是否平安無事？**雪雉擔憂地思忖著，抬頭看向中央山的方向，驀然瞧見一群黑色的影子。只見武裝士兵從萬里無雲的朝霞天空，朝著這座山飛來。

「是參謀！」

「雪哉參謀回來了！」

周圍頓時陷入一片鼓譟。

沒有聽見通知發生緊急狀況的鉦鼓聲響，飛來的影子秩序井然，鎮定自若。從目前的狀況研判，他們應該會降落在〈凌雲院〉。

雪雉和其他院生忍不住跑向〈凌雲院〉，里烏察覺後，也尾隨在後。

那群人依序降落，站在最前面的果然是兄長。

「殿下回到山內了嗎？」

「還有多少猿猴？」

聚集而來的人七嘴八舌地探問，兄長愣怔了一下，環顧四周，隨即露出滿面笑容。

「皇太子殿下已平安回到山內，猿猴也沒有殘餘勢力了。」

「所以……？」

「我們勝利了！」

現場響起一陣歡呼，驟雨般的掌聲響起，甚至有人喜極而泣。雪雉也大聲歡呼，興奮地和身旁的院生抱在一起。

山內終於安寧了。雪雉為自己和其他人保護了山內感到驕傲。

在眾人的要求下，雪哉站在〈凌雲院〉的階梯上方，環視沉浸在歡喜中的八咫烏。

「各位，我們今日在山內歷史上刻下了新的名字。」他高亢開朗地宣明。

朝陽正巧照射過來，雪哉整個人顯得閃閃發亮，原本歡聲吶喊的人都噤了聲。

「在這場戰爭中，我們付出了莫大的犧牲，醜陋的猿猴無情地殺害我們寶貴的朋友，而這些傷痛……將會一直留在我們心中，我相信永遠都無法癒合。」

雪哉激昂的嗓音中帶著沉重的悲切，隱約聽到有人發出了嗚咽聲。

「然而，我們勝利了！」他強而有力地宣告，彷彿要趕走空氣中陰鬱的感傷。「正義獲得強大的力量，成為我們的血肉，永遠驅逐了邪惡。在這場戰爭中失去生命的盟友，將成為英靈，永遠活在所有人的心底。」

雪哉目光炯炯，感受不到絲毫的猶豫。

「八咫烏是驕傲的一族，山內是比任何地方都還要美麗的故鄉。我從不曾像今天這樣，為自己身為八咫烏，能夠保衛山內感到喜悅。」

若沒有各位的努力，就無法成功守護山內。

「沒有我們的捨命捍衛，這個美好世界就會遭到猿猴的踐踏。只要努力不懈、只要奮不顧身懷抱純粹的愛，山內永遠會是我們最美的故土。以前是，以後也是！」

山內永遠不會毀滅！

雪哉用力吸了口氣，把手放在胸口敬禮。

「山內萬歲彌榮！」

士兵聽到雪哉的歡呼，也紛紛敬禮回應。

萬歲彌榮、萬歲彌榮、萬歲彌榮！

絢麗的晨曦中，振奮人心的聲音被吸入蒼穹，真是一個美妙的早晨。

原本在大街上的八咫烏察覺到這裡的狀況，也都露出欣慰的微笑，跟著高聲呼喊。人越聚越多，聲音也更加響亮，人們流下歡喜的淚水，晨光向四周擴散。

此時，雪雉發現周圍的八咫烏中，有個人正緩緩接近兄長。那人穿著看似羽衣，但顏色有些不一樣的黑衣，個子十分矮小，仔細一看，發現和自己的年紀相仿。

雪雉起初沒有意識到自己為何會留意起那個人，觀察片刻後，終於恍然大悟——周圍的人都歡天喜地，或是激動落淚，只有那人面無表情。

只見少年越走越快，當雪雉瞥見他手上閃光的東西時，不由得倒抽一口氣。

「雪哉哥！」雪雉惶然地嘶吼大叫。

眾人高喊「萬歲彌榮」的聲音，淹沒了雪雉的叫聲。

雪哉轉身沿著走廊離去，並未發現異狀。

陡然，那名少年撥開人群，朝著雪哉衝了過去。

「危險！」

在此起彼落的歡呼聲中，感覺少年的動作似乎格外緩慢。當士兵也察覺到異狀時，少年竟用令人難以置信的敏捷動作，閃過士兵的阻擋。

少年跑著跑著，臉上漸漸出現皺紋，身上也長出棕色的毛——竟然是猿猴！

牠在變身的同時，運用雙腳和左手以幾乎在地上爬行的姿勢，躲過要擒伏牠的士兵。接著牠跳上階梯，雙手拿著一把發出黑光的刀子，直直伸向前方，朝著雪哉衝去。

周圍的人尖叫連連，此起彼落，但猿猴並未放慢速度。

這時，雪哉倏地轉過頭。

完了！雪雉驚愕地睜圓了眼。

只見發出白光的刀刃，從已停下的猿猴背後穿透了出來。迅雷不及掩耳的神速妙技，讓周圍人看得目瞪口呆，所有人都愣在原地。

雪哉拔出自己的大刀，輕而易舉地刺穿了猿猴的胸膛。他面不改色，甚至沒有正眼瞧過猿猴一眼，動作俐落精湛，胸有成竹。

猿猴茫然地看著刺進自己胸口的刀子，然後又看向雪哉，喀噗一聲，鮮血從牠嘴裡噴出。牠滿臉憎恨且疼痛的表情，用顫抖的手指向雪哉，雪哉依舊不為所動。

當猿猴發現自己的手和手上的凶器，無法觸及雪哉時，絕望的臉皺成了一團。

「陽……泰……」牠顫抖著嘴唇，氣若游絲地歎氣道。

雪雉發現兄長聽到這個名字的瞬間，渾身散發出和前一刻不同的氣息。

猿猴應聲倒地，士兵回過神，快步將猿猴從雪哉身旁拉開，這才發現猿猴已死。

雪哉拔出大刀，噴出的鮮血染紅了階梯。

猿猴的手裡握著一把，綁著藍色纏繩且鏤著透明石頭的黑色小刀。

「參謀，你沒事吧？有沒有受傷？」治真驚慌失措地慰問。

雪哉沒有回應，直勾勾地盯著以半人半猿模樣送命的猿猴。

「雪哉哥？怎麼了嗎？」雪雉焦急難耐，跑到兄長身旁。

雪哉聽見他的呼喚，怔怔地轉頭看著他，一言不發地將視線在猿猴和雪雉身上徘徊，好半晌後，才長吁了一口氣。

「……不。」

沒事！

「看來還有猿猴會以人形混進八咫烏當中，用變身的方式逐一確認。」

雪哉轉身背對屍體和雪雉離去的同時，向周圍的士兵發出指示。

不過，兄長沒有再回頭看猿猴一眼。

終章　掉落的種子

紅葉時節，空氣中總是飄散淡淡的甘甜香氣。

奈月彥坐在〈紫苑寺〉的簷廊上，眸光低垂若有所思地看向藥草園。

涼爽的風吹落了染成火紅色的楓葉，夕陽灑落在樹葉上，隨著輕風吹拂反射出熠熠光芒。楓葉飄落於昨夜秋雨淋濕的黑色泥土上，在藥草田內描繪出鮮紅斑駁的圖案。

若是一年前，奈月彥必定覺得眼前是一片絕色美景。

然而，紅色和黑色總是讓他情不自禁回想起那晚的禁門——焦黑地上的鮮紅血跡，宛如沿著黃泉路盛開的鮮花。

遭到猿猴的襲擊至今不到三個月，地震已不再出現，城下的復興也漸漸有了起色，越來越多人返回中央，朝廷也打算從〈凌雲宮〉搬遷回中央山。

參謀將〈凌雲宮〉作為誘餌，誘入猿猴自投羅網的事實，並未對外公開。只說原本兵力正打算前往禁門支援，卻覺察到〈凌雲宮〉發生異狀，於是立刻趕回抵禦猿猴的攻擊，而下達作戰指令的雪哉也被譽為「希世參謀」名揚天下。

當奈月彥得知雪哉做的決策後，無法指責他，畢竟此舉毫無意義。更何況，雪哉原是只想待在老家閒散度日的少年，要求他效命朝廷，又任命他為參謀的不是別人，正是自己。

一切都無法如願。

近日，終於正式宣佈皇太子即位事宜，由於代理金烏平安無事，所以形式上是禪位。乍看之下山內太平，所有八咫烏都相信，在名副其實的新金烏帶領下，一切都會恢復原狀。

豈料，這個世界正在逐漸崩潰，真金烏只是半吊子的神。

英雄成為了新山神，大地震之後出現的破洞已暫時消失，也將變成石化的禁門恢復了原狀，再度關閉。

儘管皇太子能打開禁門，新山神似乎只打算與八咫烏維持最低限度的往來。祂不會召喚八咫烏，即使皇太子主動前往神域，除非有明確要事，否則不會現身。

祂若是沒有後繼的神，山內又能維持多久？沒有新山神後，山內會變成什麼樣？

無論思考任何事，最後都會想到這個問題。

「你的表情好嚴肅。」

柔聲嗓音響起的同時，一件外褂輕輕披在奈月彥的肩上，回頭一看，濱木綿輕蹙黛眉，嬌顏擔憂地望著他。

她向來衣著單薄，今日卻搭了一件像是里烏穿的厚布棉寬鬆上衣，但整個人容光煥發。

「你到底在煩惱什麼？」

奈月彥顎一揚，深邃的黑眸凝睇著妻子。

「猴神很愚蠢，為了復仇，不惜讓猴族滅亡。」他雙手摀住清俊的臉龐，溫潤的聲音滿是苦悶。「然而，我是個卑鄙小人，忘卻了所有的事……！」

這樣的自己，竟然是八咫烏的族長？簡直是天大的欺騙！

他極其痛恨，曾經天真地以為自己身為真金烏，什麼都不用煩惱的那段日子。

「山內沒有未來。」

「你不要說這種話。」

「但我不該遺忘，不該逃走。」

若沒有了記憶，就無法辯解，也無法道歉，我忘了不該忘的事。

「我沒有資格當金烏。」

「山內或許無法再像以前那般，八咫烏往後也可能無法再變成人形……」濱木綿略頓，在他身旁坐了下來，雙臂抱胸地溫聲道：「但並不會因為如此，就讓八咫烏滅絕的。」

縱使無法維持以前的方式，百姓還是會頑強地生存下去。

「奈月彥，不要自暴自棄，即使你的世界毀滅，陷入絕境，甚至無力改變任何事，也不能過於相信自己的絕望。因為在別人眼裡，那根本微不足道。」

濱木綿說完，抿唇微笑，明眸璀亮如星。

「妳為何如此堅強……？」奈月彥怔怔地看著她。

濱木綿得知巨猿的目的後，神態沉著鎮定，輕點螓首回應：「這樣啊！」

這份堅強到底從何而來？他發自內心感到不解。

濱木綿玉頰微傾，揚起一抹苦笑。

「我也做過很多蠢事，只是懂得從中汲取教訓罷了。來，你把頭抬起。」濱木綿柔聲說著，用手托著他的下顎。「無論是八咫烏還是山神，都因渴望繼續當神，才會出問題。即使變成普通的烏鴉，又何妨？」

「我成為普通的烏鴉……」奈月彥啞聲低喃。

「是啊！」濱木綿語氣堅定地斷言道：「普通的八咫烏並未擁有像你那般的特殊能力，他們還是能照樣過日子。」

而且也有辦法生存下去。

「說實話，無論你是真金烏，還是神的殘骸，根本都無所謂。」濱木綿黑珍珠般的瞳眸充滿了真誠。「至少你是我重要的朋友，也是摯愛的丈夫。」

對我來說，這樣就足夠了。

「對你而言，八咫烏不也一樣嗎？若八咫烏無法變成人形，你就不愛他們了嗎？」

「不會！」

「既然如此，山內就算毀滅也無妨，只是變成與之前不同的形式而已。」

「……我從未如此思考過。」奈月彥因濱木綿的一番話，愣怔了好半晌。

「我跟你說，我小時候曾在南家培植過變種朝顏。」濱木綿顯得輕鬆快意，笑著憶道。

由於朝顏罕見的顏色以及多變的形狀，讓不少商人和部分貴族喜歡種植，於是里烏便進貢給大貴族南家。

那是像刺繡般細膩圖案的重瓣朝顏，斑駁的朝霞色，美得簡直難以言喻。只是變種朝顏很容易生病，稍微多澆一點水，根部就會腐爛、發霉，母株全毀。

濱木綿當時相當失望，而且不久之後，她被趕出從小生長的家，成為了山烏，根本無暇照顧朝顏。在那般顛沛流離的日子中，她也漸漸遺忘了朝顏的事。

幾年後，濱木綿回到已經荒廢的老家，倏忽發現庭園的角落，綻放出令人眼睛為之一亮的湛藍色朝顏，那是變種朝顏掉落的種子回歸原種後盛開的花朵。

「雖然不像我最初所種的朝顏那般特別或是細膩，卻十分美麗，也很頑強。」濱木綿說著，轉頭凝望戶外的陽光。「你或許親手造成了變種朝顏的凋零，不過還有掉落的種子，不是嗎？現在悲觀還稍嫌太早了。」

變化未必都是壞事。

「七歲之前，我一直認為自己絕不可能變成鳥形，因為周遭的大人不斷告誡我，那是丟人現眼的事。實際上，嘗試變身鳥形後，就覺得根本不足為奇。」

即使身為山烏，也照樣可以過日子，在天空自在飛翔。

「我也是那時才領悟到，身為貴族公主整日足不出戶，根本猶如籠中鳥。」

比起那般監禁的生活，更想要能用自己的翅膀在空中自由翱翔。

「而且，只要心心念念，有時會在意想不到的地方發現解決之道。」

濱木綿說完，驀然噤了聲，纖指抓了抓玉頰，好似在掩飾羞澀的表情，整個人顯得有些躁動，難以想像前一刻她還露出堅定的眼神。

「原先我以為這次或許也是很快就不行，才一直未提及……不過，目前看來應該是沒問題了，還是告訴你比較好。」

奈月彥看著難得靦腆害羞的妻子，不由得感到納悶。

「什麼？」

「玉依姬在夢中對我說……」

——這是一點心意，表達我的感謝。

「啊……？」

「差不多……該準備產屋了。」

濱木綿對著一臉錯愕的丈夫露齒而笑，溫柔地撫摸自己的肚子。

大清早蟬鳴陣陣。

想必今日又是一個酷暑天。明留思忖著，不禁感到厭煩。

不過，他還是趁著上課之前，來到勁草院內的某個房間。

「雪哉，你今天無論如何都要去一趟。」

坐在書案前的雪哉聞聲抬起頭，明留盯視著他的臉，內心後悔不已。

雪哉表情陰鬱森冷，一臉自暴自棄，簡直就像出生至今，從未笑過似的。他十分注重健康，體格結實強壯，沒有激瘦或是任何不適，只不過整個人完全變了樣。

皇太子已順利即位，成為金烏陛下。雪哉則擔任全軍參謀，在勁草院擔任教官的同時，也成為金烏陛下的心腹，倍受器重。

然而，身為雪哉得力助手的治真卻說，由於雪哉的眼神冷酷犀利，讓許多新來的部下望而生畏。明留也認為自從茂丸去世，便不曾看過雪哉的笑容。

最異常的是，公主於初夏出生之後，雪哉未曾前去打過招呼。

濱木綿生下一位公主，目前仍住在〈紫苑寺〉，因為她表示，希望優先恢復朝廷的功能。儘管〈紫苑寺〉增派了護衛，但她們的生活與平民無異，所以大家都親切地稱剛誕生的公主為「紫苑公主」。

即便有人歎息著不是皇子，對於公主的誕生，金烏陛下比任何人都雀躍，他溢於言表的欣喜，令周圍親近的人感到驚訝。

八咫烏在誕生時，要慶祝三件事——首先是母親產下卵的〈卵誕〉；在孵卵三個月後，破殼而出的〈啐啄〉；然後就是第一次能變成人形的〈成人〉。

〈卵誕〉是慶祝母體平安無事，聲援即將孵卵的母親。〈啐啄〉則是戶籍上的生日，無論任何階級，都會大肆慶祝。

孵化，是八咫烏嬰兒最容易死亡的時期。無法順利破殼，見不到陽光就死亡的情況，時有所聞。一般來說，會在稍微破殼時，由母親或是羽母從外協助，只是若援助的過早，雛鳥轉眼之間便會體力不支。於是，以啐啄的方式來慶祝順利度過這難關，雛鳥平安出生。

由於貴族對鳥形感到羞恥，就連父親也無法在這個階段見到孩子。通常在啐啄之後的三個月左右，當幼鳥能變成人形才會初次露面，再以成人的儀式盛大慶祝。

公主很快就完成啐啄，原本擔心她是否能夠平安長大，幸好在成為雛鳥後日漸茁壯，日前終於能變成人形。就連當初得知不是皇子感到失望的長束，在實際見到公主之後，態度有了一百八十度的大轉變，三天兩頭帶著豐盛的伴手禮前往〈紫苑寺〉。

儘管原本的規定是被禁止，千早和市柳早已悄悄去探視公主，甚至連已不再是山內眾的澄尾，也前去致意。

不知為何，雪哉在三大慶典都送上了賀禮，就是不曾看望過公主。

無論如何都要把他帶來！

明留今日奉命特地來到勁草院。

「陛下目前正在陪伴公主。陛下命令，你也該前去探望了。」

「不，我……」

「廢話少說，趕快跟我走！」

這傢伙仍留在瀰漫著朋友焦屍味的黑暗洞穴深處，走不出來。

當然，雪哉必定會對這樣說法一笑置之，然則明留卻認為茂丸若地下有知，瞧見他現下的樣子，一定會感到難過且憂心。
明留死拉活拽地將雪哉拖到〈紫苑寺〉，屋內傳來歡快的笑聲。
雪哉聽見欣悅的笑語聲，不由得停下腳步，臉色凝重，似乎感到害怕。
「我，我還是不去了。」
「都已經來了，你在說什麼啊！」
雪哉來了！明留大聲通報。
半晌後，門從內側被打開，只見紫苑公主的太傅，也是明留的家姐站在門內。
「來得正好，公主剛睡醒。」
「……可以進去嗎？」
「還怕我會罵你嗎？」
真赭薄咯咯地嬌笑著，瞥見默默不語的雪哉，愉悅的表情逐漸收斂了起來。
雪哉見狀也只是微微頷首，並沒有望進真赭薄的眼眸深處。
「請進。」真赭薄不再多說什麼，僅用平靜的語調請雪哉進屋。
室內光線明亮，面向庭院的門敞開，舒服的微風吹了進來，屋簷下掛著與平民家庭無異的玻璃風鈴，發出叮噹叮噹的清脆聲音。

金烏陛下和妻子在竹編的搖籃兩側哄著女兒，光看這一幕，完全無法想像他們是王公貴人，簡直就像一對年輕的平民夫妻。

「啊喲！你這個薄情寡義的人終於出現了。」濱木綿笑容滿面地調侃道。

「很抱歉。」雪哉靜靜地回應。

明留這才意識到，金烏陛下與雪哉的情況相反。自從喜獲公主之後，臉上的表情比以前更豐富，或者說更像普通的八咫烏。

明留不清楚此事對山內、對八咫烏來說，是好是壞，但他認為是一件值得高興的事。

「公主今日心情可好？」明留柔聲問道。

「她不哭不鬧，不需太過費神，只是完全不笑……」金烏皺成了八字眉回答。

「她長得像父皇，所以整天板著臉啊！都是來自你的遺傳。」

金烏陛下夫妻打情罵俏，雪哉露出無趣的眼神盯著他們。

站在雪哉背後的明留，不再多言，雙手猛然抓住他的肩膀，硬是逼他坐在搖籃前。

「喂！你幹嘛？」雪哉一臉慌亂，顯得不知所措。

他的質問似乎太過大聲，公主透澈的眼瞳定睛凝視著雪哉。

明留見狀，心都要融化了。無論看多少次，都覺得公主實在太可愛，胖嘟嘟的臉頰簡直就像剛做好的大福。

明留見過其他完成成人階段的幼兒，都很難擺脫鳥的感覺，頭髮也很稀疏。

然而，公主天生就有一頭濃密的黑髮，至於臉蛋，即使撇除自家人的偏袒，依然覺得她可愛迷人。最令人印象深刻的，就是她有一雙令人神魂顛倒的大眼，睫毛十分濃密，彷彿能聽到啪啪啪的眨眼聲。

濱木綿說她像父皇的確沒錯，臉型簡直就是金烏的翻版。而美麗的眼眸則是來自母后的遺傳，那雙水汪汪的杏眼閃耀著琉璃般紫藍色的光芒，任何寶石都無法如此璀璨。

水靈靈的眼眸目不轉睛地盯著雪哉陰鬱的眼，雪哉不由得呼吸一窒，僵直的背脊能感受到他內心的緊張。

沒想到之前幾乎不曾展顏一笑的公主，倏忽開心地歡笑起來——那是公主第一次展露的笑容；那是如同太陽升起、百花同時盛開，令人無條件感到幸福的笑容。

「啊啊——！她笑了。」金烏難掩興奮地叫喊出聲。

「本宮的女兒果然是全世界最可愛的小孩。」濱木綿戳了戳公主的臉頰。

「朕也有同感。」金烏嚴肅地頷首認同。

濱木綿笑得合不攏嘴，不經意地瞟了雪哉一眼，不禁愕然愣住。

「雪哉……？你怎麼了？」

聽到訝然的問話聲，明留納悶地望向雪哉，頓時被眼前的景象嚇得說不話來。

雪哉在哭泣！只見他茫然地看著公主，透明的淚珠從他的眼眶中撲簌簌地掉了下來。

雪哉完全搞不懂自己為何會流淚，得知茂丸慘死時，他也沒流下一滴淚水。但眼前的笑容太美、太珍貴……只是因為這樣，便情不自禁地流下了淚。

陡然間，他看到了院子的花，清澈鮮豔的藍色朝顏托著一滴朝露，在陽光中熠熠盛開。

明明是相同的景象，在此之前，他完全沒有發現那裡有鮮花綻放，更沒察覺到那是一朵藍色的花。在這短短的瞬間，世界的顏色好像完全變了。

啊！夏天到了。

雪哉終於感受到季節更迭，那時至今已過了一年。

彌榮之烏【八咫烏系列・卷六】

作　　者　阿部智里 Chisato Abe
譯　　者　王蘊潔
發 行 人　林隆奮 Frank Lin
社　　長　蘇國林 Green Su

出版團隊
總 編 輯　葉怡慧 Carol Yeh
日文主編　許世璇 Kylie Hsu
企劃編輯　許世璇 Kylie Hsu
責任行銷　朱韻淑 Vina Ju
封面設計　許晉維 Jin Wei Hsu
版面構成　譚思敏 Emma Tan

行銷統籌
業務處長　吳宗庭 Tim Wu
業務主任　蘇倍生 Benson Su
業務專員　鍾依娟 Irina Chung
業務秘書　陳曉琪 Angel Chen
　　　　　莊皓雯 Gia Chuang

發行公司　精誠資訊股份有限公司
　　　　　悅知文化
　　　　　105台北市松山區復興北路99號12樓
訂購專線　(02) 2719-8811
訂購傳真　(02) 2719-7980
專屬網址　http : //www.delightpress.com.tw
悅知客服　cs@delightpress.com.tw
ISBN : 978-986-510-243-2
建議售價　新台幣360元
首版一刷　2022年10月

國家圖書館出版品預行編目資料

彌榮之烏 / 阿部智里Chisato Ab 著；王蘊潔 譯. -- 初版. -- 臺北市：精誠資訊, 2022.10
面；　公分
ISBN 978-986-510-243-2 (平裝)
861.57　　111014217

建議分類｜文學小說・翻譯文學

※書封插畫設計：名司生 Natsuki